AU RENDEZ-VOUS DES TERRE-NEUVAS

DU MÊME AUTEUR
CHEZ POCKET

L'affaire Saint-Fiacre
L'amie de Mme Maigret
L'âne rouge
Les anneaux de Bicêtre
Au bout du rouleau
Au rendez-vous des Terre-Neuvas
Les autres
Betty
La boule noire
La chambre bleue
Le charretier de la providence
Le chat
Chez les Flamands
Le chien jaune
Les complices
Le coup de lune
Le crime impuni
La danseuse du Gai-Moulin
Le destin de Malou
L'écluse numéro un
En cas de malheur
Les fantômes du chapelier
Les fiançailles de M. Hire
Le fond de la bouteille
Le fou de Bergerac
La fuite de M. Monde
Les gens d'en face
La guinguette à deux sous
Le Haut-Mal
L'homme de Londres
L'homme au petit chien
Liberty-Bar
M. Gallet décédé
Maigret
Maigret et les braves gens
Maigret et le corps sans tête
Maigret et la grande Perche
Maigret au picratt's
Maigret s'amuse
Maigret et le voleur paresseux
La maison du canal
Marie qui louche
Mémoires intimes
La mort d'Auguste
La mort de Belle
La nuit du carrefour
L'ombre chinoise
Le passager clandestin
Le passager du Polarlys
Pedigree
Le pendu de Saint-Phollien
Le petit saint
Pietr le Letton
Le port des brumes
La porte
Le président
Le relais d'Alsace
La rue aux trois poussins
Strip-tease
Tante Jeanne
Les témoins
La tête d'un homme
Le train
Les treize coupables
Les treize énigmes
Les treize mystères
Une confidence de Maigret
Un crime en Hollande
Un nouveau dans la ville
Une vie comme neuve
Le veuf
La vieille

GEORGES SIMENON

LE COMMISSAIRE MAIGRET

AU RENDEZ-VOUS DES TERRE-NEUVAS

POCKET

ISBN 2.266.09157-3

1

LE MANGEUR DE VERRE

« QUE c'est le meilleur petit gars du pays et que sa maman, qui n'a que lui, est capable d'en mourir. J'ai la certitude, comme tout le monde ici, qu'il est innocent. Mais les marins à qui j'en ai parlé prétendent qu'il sera condamné parce que les tribunaux civils n'ont jamais rien compris aux choses de la mer...

« Fais tout ce que tu pourras, comme si c'était pour toi-même... J'ai appris par les journaux que tu es devenu une haute personnalité de la Police judiciaire et... »

C'était un matin de juin, Mme Maigret, dans l'appartement du boulevard Richard-Lenoir, dont toutes les fenêtres étaient ouvertes, achevait de bourrer de grandes malles d'osier, et Maigret, sans faux col, lisait à mi-voix.

« De qui est-ce?

— Jorissen... Nous avons été à l'école ensemble... Il est devenu instituteur à Quimper... Dis donc, tu tiens beaucoup à ce que nous passions nos huit jours de vacances en Alsace?... »

Elle le regarda sans comprendre, tant la question était inattendue. Il y avait vingt ans qu'ils passaient invariablement leurs congés chez des parents, dans le même village de l'Est.

« Si nous allions plutôt à la mer?... »

Il relut à mi-voix des passages de la lettre :

« ... tu es mieux placé que moi pour obtenir des renseignements précis. En bref, Pierre Le Clinche, un jeune homme de vingt ans qui a été mon élève, s'est embarqué il y a trois mois à bord de l'*Océan*, un chalutier de Fécamp qui pêche la morue à Terre-Neuve. Le navire est rentré au port avant-hier. Quelques heures plus tard, on découvrait le corps du capitaine dans le bassin et tous les indices font croire à un crime. Or, c'est Pierre Le Clinche qu'on a arrêté... »

« Nous ne serons pas plus mal pour nous reposer à Fécamp qu'ailleurs! » soupira Maigret sans enthousiasme.

Il y eut de la résistance. Mme Maigret, là-bas, en Alsace, était en famille, aidait à faire les confitures et la liqueur de prunes. L'idée de vivre dans un hôtel, au bord de la mer, en compagnie d'autres Parisiens, l'effrayait.

« Qu'est-ce que je ferai toute la journée? »

Enfin elle emporta des travaux de couture et de crochet.

« Surtout, ne me demande pas de prendre des bains! J'aime mieux t'avertir dès maintenant... »

***

Ils étaient arrivés à cinq heures à l'hôtel de la Plage, où Mme Maigret avait commencé aussitôt à aménager la chambre à sa guise. Puis ils avaient dîné.

Et maintenant Maigret, tout seul, poussait la porte à vitre dépolie d'un café du port : *Au Rendez-vous des Terre-Neuvas.*

C'était juste en face du chalutier *Océan,* amarré à quai, près d'une file de wagons. Des lampes à acétylène pendaient aux agrès et des gens s'agitaient dans la lumière crue, déchargeant la morue qui passait de main en main et qu'on entassait dans les wagons après l'avoir pesée.

Ils étaient dix, hommes et femmes, sales, déchirés, saturés de sel, à travailler. Et devant la bascule un jeune homme bien propre, le canotier sur l'oreille, un carnet à la main, pointait les pesées.

Une odeur rance, écœurante, qui ne s'atténuait pas quand on s'éloignait, s'infiltrait, rendue plus sourde encore par la chaleur, dans le bistrot.

Maigret s'assit sur la banquette, dans un coin libre. Il pénétrait en plein vacarme, en pleine agitation. Il y avait des hommes debout, d'autres assis, des verres sur le marbre des tables. Rien que des marins.

« Qu'est-ce que ce sera ?...

— Un demi... »

Le patron arrivait près de la fille de salle.

« Vous savez que j'ai une autre pièce à côté, pour les touristes?... Ici *ils* font tellement de bruit!... »

Un clin d'œil.

« Après trois mois de mer, hein! ça se comprend...

— C'est l'équipage de l'*Océan?*

— La plupart... Les autres bateaux ne sont pas encore rentrés... Il ne faut pas faire attention... Il y a des gars qui n'ont pas dessoûlé depuis trois jours... Vous restez là?... Vous êtes peintre, je parie... Il en vient de temps en temps, qui prennent des croquis... Tenez! il y en a un qui a fait ma tête, là, au-dessus du comptoir... »

Mais le commissaire donnait si peu de prise au bavardage que le patron, décontenancé, s'éloigna.

« Une pièce de deux sous en bronze! Qui est-ce qui a une pièce de deux sous en bronze?... » criait un marin pas plus haut ni plus gras qu'un gamin de seize ans.

Sa tête était vieille, les traits irréguliers. Des dents manquaient. L'ivresse faisait briller les yeux et une barbe de trois jours envahissait les joues.

On lui donna une pièce. Il la plia en deux, d'un effort des doigts, puis il la mit entre ses dents et la sectionna.

« A qui le tour? »

Il paradait. Il se sentait le centre de l'attention

générale, et il était capable de faire n'importe quoi pour le rester.

Comme un mécanicien bouffi saisissait une pièce, il intervint :

« Attends!... C'est ceci aussi qu'il faut faire... »

Il prit un verre vide, y mordit à pleines dents, mâcha le verre en imitant la satisfaction d'un gourmet.

« Ha! Ha! Pouvez toujours y venir... Verse à boire, Léon!... »

Il lançait autour de lui des regards de cabotin qui s'arrêtèrent sur Maigret. Et alors ses sourcils se froncèrent.

Un instant il eut l'air désemparé. Puis il s'avança, dut s'appuyer à une table tant il était ivre.

« C'est pour moi?... questionna-t-il, crâneur.

— Doucement, P'tit Louis!

— Toujours le truc du portefeuille?... Dites donc, vous autres!... Vous vouliez pas me croire, tout à l'heure, quand je vous racontais mes histoires de la rue de Lappe... Eh bien, voilà un flic haut placé qui se dérange exprès pour bibi... Permettez que je boive encore un coup?... »

Maintenant on observait Maigret.

« Assieds-toi ici, P'tit Louis!... Fais pas l'imbécile!... »

Et l'autre pouffait :

« T'offres un *glass?*... Non!... C'est pas possible!... Permettez, hein! les copains?... M. le commissaire me paie à boire?... Du fil en six, Léon!...

— Tu étais à bord de l'*Océan?* »

Changement à vue. P'tit Louis se rembrunit au point qu'on put croire que son ivresse disparaissait. Il recula un peu, méfiant, sur la banquette.

« Et puis après?...

— Rien... A ta santé... Il y a longtemps que tu es soûl?...

— Il y a trois jours qu'on fait la foire... Depuis qu'on a débarqué, quoi!... J'ai donné mon argent à Léon... Neuf cents et des francs... Tant qu'il en reste!... Combien qu'il me reste, Léon, vieille fripouille?...

— Sûrement pas de quoi payer des tournées jusqu'au matin! Dans les cinquante francs... Si ce n'est pas malheureux, monsieur le commissaire! Demain il n'aura plus un sou et il sera obligé d'embarquer sur n'importe quel bateau, comme soutier... Et c'est chaque fois comme ça!... Remarquez que je ne le pousse pas à la consommation!... Au contraire!...

— Ta gueule!... »

Les autres avaient perdu leur entrain. Ils parlaient bas en se tournant sans cesse vers la table du commissaire.

« Ils sont tous de l'*Océan?*

— Sauf le gros en casquette qui est pilote et le rouquin qui est charpentier maritime...

— Raconte-moi ce qui s'est passé.

— J'ai rien à dire.

— Attention, P'tit Louis! N'oublie pas le coup du portefeuille, quand tu faisais le mangeur de verre à la Bastille.

— Ça ne me vaudra jamais que trois mois et j'ai justement besoin de repos... Si le cœur vous en dit, on peut y aller tout de suite...

— Tu travaillais aux machines?

— Turellement! Comme toujours! J'étais second chauffeur!

— Tu voyais souvent le capitaine?

— Peut-être deux fois en tout!

— Et le télégraphiste?

— Sais pas!

— Léon! Remplissez les verres... »

P'tit Louis eut un rire méprisant.

« J' serais soûl à crever que je ne dirais quand même pas ce que je voudrais dire... Mais, tant que vous y êtes, vous pourriez offrir une tournée aux copains... Après une saloperie de campagne comme celle-là!... »

Un marin qui n'avait pas vingt ans s'approchait, sournois, tirait P'tit Louis par la manche. Et tous deux se mettaient à parler breton.

« Qu'est-ce qu'il dit?

— Qu'il est temps que j'aille me coucher...

— C'est ton ami? »

P'tit Louis haussa les épaules et, comme l'autre voulait lui prendre son verre, il l'avala d'un trait, par défi.

Le Breton avait d'épais sourcils, une crinière ondulée.

« Assieds-toi avec nous... » lui dit Maigret.

Mais, sans répondre, le marin alla s'asseoir à une autre table, continua à laisser peser son regard sur les deux hommes.

L'atmosphère était lourde, saumâtre. On entendait des touristes qui jouaient aux dominos dans la salle voisine, plus claire et plus propre.

« Beaucoup de morue? questionna Maigret qui suivait son idée avec l'implacabilité d'une foreuse mécanique.

— De la saleté! Elle est arrivée à moitié pourrie...

— A cause de quoi?

— Pas assez salée... Ou trop!... De la saleté, quoi!... Il n'y aura pas le tiers des hommes pour rembarquer la semaine prochaine...

— L'*Océan* repart?

— Parbleu! A quoi cela servirait-il d'avoir des machines? Les voiliers ne font qu'une campagne, de février à septembre. Mais les chalutiers ont le temps d'aller deux fois sur le banc...

— Tu y retourneras? »

P'tit Louis cracha par terre, haussa les épaules avec lassitude.

« J'aimerais autant aller à Fresnes... Une saloperie!...

— Le capitaine?...

— Je n'ai rien à dire! »

Il avait allumé un bout de cigare qui traînait. Il eut un haut-le-cœur, se précipita vers la rue où on le vit vomir, debout au bord du trottoir, où le Breton le rejoignit.

« Si ce n'est pas malheureux! soupirait le patron du café. Avant-hier, il avait près de mille francs en poche! Aujourd'hui, c'est tout juste s'il ne me doit pas d'argent! Des huîtres et de la langouste! Sans compter qu'il paie à boire à tout le monde, comme s'il ne savait que faire de son argent...

— Vous connaissiez le télégraphiste de l'*Océan?*

— Il couchait ici... Tenez! il prenait ses repas à cette table, puis il allait écrire dans l'autre salle, pour être plus tranquille...

— Écrire à qui?

— Pas seulement des lettres... Comme qui dirait de la poésie ou des romans... Un garçon instruit, bien élevé... Maintenant que je sais que vous êtes de la police, je peux bien vous dire que c'est une erreur qu'on a commise de...

— N'empêche que le capitaine a été tué! »

Haussement d'épaules. Le patron s'assit devant Maigret. P'tit Louis qui rentrait se dirigea vers le comptoir et commanda à boire. Et son compagnon, en bas-breton, continuait à lui prêcher le calme.

« Il ne faut pas faire attention... Une fois à terre, ils sont comme ça, ils boivent, ils crient, ils se battent, ils cassent les vitres... A bord, ça travaille comme pas un!... Tenez! Même P'tit Louis!... Le chef mécanicien de l'*Océan* me disait encore hier qu'il abat la besogne de deux hommes... En mer, un joint de vapeur a sauté... C'était dangereux à réparer... Personne ne voulait y aller... C'est P'tit Louis qui s'en est chargé... Du moment qu'on ne les laisse pas boire... »

Léon baissa la voix, regarda ses clients avec méfiance.

« Cette fois-ci, ils ont peut-être d'autres raisons de se flanquer la cuite... Ils ne vous diront rien, à vous!... Parce que vous n'êtes pas de la mer... Moi, je les entends causer... Je suis ancien pilote... Il y a des choses...

— Des choses?

— C'est difficile à expliquer... Vous savez qu'il n'y a pas assez de pêcheurs à Fécamp pour tous les chalutiers... On en fait venir de Bretagne... Ces gars-là ont leurs idées, sont superstitieux... »

Il parla plus bas encore, d'une voix à peine perceptible.

« Il paraît que cette fois-ci il y avait le mauvais œil... Ça a commencé dans le port même, au départ... Un matelot qui avait grimpé au mât de charge pour adresser des signes à sa femme... Il se retenait à un filin qui cassa et le voilà sur le pont avec une jambe en bouillie!... On a dû le ramener à terre avec un doris... Et un mousse qui ne voulait pas partir, qui pleurait, qui hurlait!... Bon! Trois jours après, on télégraphie qu'il a été emporté par une lame!... Un gamin de quinze ans!... Un petit blond tout maigre, avec presque un nom de fille : Jean-Marie... Pour le reste... Sers-nous du calvados,

Julie... La bouteille de droite. Non! pas celle-là... Celle qui a un bouchon de verre...

— Le mauvais œil a continué?

— Je ne sais rien de précis... On dirait qu'ils ont tous peur d'en parler... N'empêche que si le télégraphiste a été arrêté, c'est que la police a entendu dire que pendant toute la campagne lui et le capitaine ne se sont pas adressé la parole... Ils avaient l'air de chien et chat!...

— Et encore quoi?

— Des choses... Des choses qui ne veulent rien dire... Tenez! le capitaine qui les a forcés à traîner le chalut là où l'on n'a jamais vu prendre une morue!... Et il hurlait, parce que le patron pêcheur refusait d'obéir...! Il a sorti son revolver... Ils étaient comme des forcenés, quoi!... Ils n'ont pas ramené une tonne de poisson pendant un mois... Puis soudain la pêche a été bonne... N'empêche que la morue a dû être vendue à moitié prix parce qu'elle était mal préparée... Et tout!... Même l'entrée au port, avec deux fausses manœuvres et un canot qu'ils ont coulé... Comme s'il y avait une malédiction!... Le capitaine qui envoie tout le monde à terre, sans mettre d'hommes de garde, et qui reste tout seul, à bord, le soir...

« Il pouvait être neuf heures. Ils étaient tous ici à se soûler... Le télégraphiste est monté dans sa chambre... Puis il est sorti... On l'a vu se diriger vers le bateau...

« C'est alors que ça a eu lieu... Un pêcheur qui se préparait à partir, dans le fond du port, a entendu le bruit de quelque chose qui tombe à l'eau...

« Il a couru, avec un douanier rencontré en chemin... On a allumé des lanternes... Il y avait un corps dans le bassin, retenu par la chaîne d'ancre de l'*Océan*.

« Le capitaine!... On l'a retiré, mort!... On a pratiqué la respiration artificielle... On ne comprenait pas, car il n'était pas resté dix minutes dans l'eau...

« C'est le docteur qui a expliqué l'affaire : paraît qu'on l'avait étranglé, *avant*... Saisissez?... Et l'on retrouvait le télégraphiste dans sa cabine, qui est derrière la cheminée... Vous pouvez l'apercevoir d'ici...

« Les agents sont venus chez moi fouiller sa chambre et ont découvert des papiers brûlés...

« Qu'est-ce que vous voulez y comprendre?... Deux calvados, Julie!... A votre santé!... »

P'tit Louis, de plus en plus excité, avait saisi une chaise entre les dents et, au milieu du cercle de matelots, la soulevait horizontalement en défiant Maigret du regard.

« Le capitaine était d'ici? questionna le commissaire.

— Oui! Un curieux bonhomme! Guère plus haut ni plus large que P'tit Louis! Avec ça toujours poli, toujours aimable! Et tiré à quatre épingles! Je crois qu'on ne l'a jamais vu au café. Il n'était pas marié. Alors, il prenait pension chez une veuve, la femme d'un fonctionnaire des douanes, rue d'Étretat. On disait même que ça finirait par un mariage... Il y a quinze ans qu'il faisait Terre-Neuve... Toujours pour la même société : la Morue française... Le capitaine Fallut, pour l'appeler par son nom... Ils sont bien embarrassés, maintenant, pour renvoyer l'*Océan* sur le banc!... Pas de capitaine!... Et la moitié de l'équipage ne veut pas rengager!...

— Pourquoi?

— Il ne faut pas chercher à comprendre! Le mauvais œil, comme je vous ai dit... Il est question de désarmer le bateau jusqu'à l'an prochain... Sans compter que la police a prié l'équipage de se tenir à sa disposition...

— Le télégraphiste est en prison?

— Oui! ils l'ont emmené le soir même, avec les menottes, et tout... J'étais sur le seuil... J'aime mieux vous dire la vérité : ma femme en a pleuré... Et moi-même... Pourtant, ce n'était pas un client extraordinaire... Je lui faisais des prix... Il ne buvait presque pas... »

Ils furent interrompus par une rumeur soudaine. P'tit Louis fonçait sur le Breton, sans doute parce que celui-ci s'obstinait à l'empêcher de boire. Ils roulaient par terre tous les deux. Les autres s'écartaient.

Ce fut Maigret qui les sépara, en les soulevant littéralement, un dans chaque main.

« Alors?... On veut se manger le nez?... »

L'incident fut bref. Le Breton, qui avait les mains libres, tira un couteau de sa poche et le commissaire s'en aperçut juste à temps pour l'envoyer rouler à deux mètres de là, d'un coup de talon.

La chaussure atteignit le menton qui saigna. Et ce fut P'tit Louis qui se précipita sur son compagnon, toujours flou, toujours ivre, et qui se mit à pleurer en lui demandant pardon.

Léon s'approchait de Maigret, sa montre en main.

« Il est l'heure de fermer! Sinon, on va voir arriver les agents... Tous les soirs, c'est la même comédie!... Impossible de les mettre dehors!

— Ils couchent à bord de l'*Océan?...*

— Oui... Quand, comme c'est arrivé hier à deux d'entre eux, ils ne restent pas dans le ruisseau... Je les ai trouvés ce matin en ouvrant les volets... »

La serveuse ramassait les verres sur les tables. Les hommes s'en allaient par groupes de trois ou quatre. Seuls P'tit Louis et le Breton ne bougeaient pas.

« Vous voulez une chambre? demanda Léon à Maigret.

— Merci! Je suis installé à l'hôtel de la Plage!

— Dites donc...

— Quoi?...

— Ce n'est pas que je veuille vous donner un conseil... Cela ne me regarde pas... Seulement, on avait de l'affection pour le télégraphiste... Peut-être qu'il ne serait pas mauvais de chercher la femme, comme on dit dans les romans... J'ai entendu chuchoter des choses comme ça...

— Pierre Le Clinche avait une maîtresse?

— Lui?... Oh! non... Il était fiancé dans son pays et il envoyait tous les jours là-bas une lettre de six pages...

— Alors, qui?...

— Je n'en sais rien... Peut-être que c'est plus compliqué qu'on le croit... Puis...

— Puis?...

— Rien!... Sois raisonnable, P'tit Louis!... Va te coucher... »

Mais P'tit Louis était dans un état d'ivresse trop avancé. Il se lamentait. Il étreignait son camarade dont le menton saignait toujours et lui demandait pardon.

Maigret sortit, les deux mains dans les poches, le col relevé, car l'air était frais.

Dans le hall d'entrée de l'hôtel de la Plage, il aperçut une jeune fille, assise dans un fauteuil d'osier. Un homme se leva d'un autre fauteuil, sourit avec un rien de gêne.

C'était Jorissen, l'instituteur de Quimper. Il y avait quinze ans que Maigret ne l'avait pas vu et l'autre hésita à le tutoyer.

« Excusez... excusez-moi... Je... Nous venons d'arriver, Mlle Léonnec et moi... J'ai cherché dans les hôtels... On m'a dit que vous... que tu allais rentrer... C'est la fiancée de... de Pierre Le Clinche... Elle a absolument voulu... »

Une grande jeune fille un peu pâle, un peu timide. Cependant, quand Maigret lui serra la main, il comprit que sous ces apparences de petite provinciale à la coquetterie maladroite il y avait une volonté.

Elle ne parlait pas. Elle était impressionnée, Jorissen aussi, resté simple instituteur et retrouvant son ancien camarade à un des plus hauts postes de la Police judiciaire.

« On m'a montré tout à l'heure Mme Maigret dans le salon... Je n'ai pas osé... »

Maigret regardait la jeune fille qui n'était pas jolie, ni laide, mais dont la simplicité était assez émouvante.

« Vous savez qu'il est innocent, n'est-ce pas? » finit-elle par articuler sans regarder personne.

Le portier attendait le moment de se recoucher. Il avait déjà déboutonné sa veste.

« Nous verrons cela demain... Vous avez une chambre?...

— La chambre voisine de la vô... de la tienne!... bégaya, confus, l'instituteur de Quimper. Et Mlle Léonnec est à l'étage au-dessus... Moi, il faut que je reparte demain, à cause des examens... Est-ce que tu crois?...

— Demain! Nous verrons! » répéta Maigret.

Et, tandis qu'il se couchait, sa femme murmura dans un demi-réveil :

« N'oublie pas d'éteindre la lumière! »

2

LES SOULIERS JAUNES

ILS marchaient côte à côte sans se regarder, le long de la plage d'abord, déserte à cette heure, puis le long des quais.

Et peu à peu les silences se raréfiaient; Marie Léonnec en arrivait à parler d'une voix presque naturelle.

« Vous verrez qu'il vous sera tout de suite sympathique! Il ne peut pas en être autrement! Et alors vous comprendrez que... »

Maigret coulait vers elle des regards curieux, admiratifs. Jorissen était reparti pour Quimper au petit jour, laissant la jeune fille seule à Fécamp.

« Je n'insiste pas pour qu'elle me suive! Elle a trop de caractère! » avait-il dit.

La veille au soir, elle était aussi neutre qu'une jeune fille élevée dans le calme d'une petite ville peut l'être. Or, il n'y avait pas une heure qu'ils avaient quitté l'hôtel de la Plage, elle et Maigret.

Le commissaire avait son air le plus croquemitaine.

N'empêche qu'elle ne se laissait pas impressionner, qu'elle n'y croyait pas, qu'elle souriait avec confiance.

« Son seul défaut, poursuivait-elle, est d'être extrêmement susceptible. Mais comment en serait-il autrement? Son père n'était qu'un pêcheur. Sa mère a longtemps réparé les filets pour l'élever. Maintenant, c'est lui qui la nourrit. Il est instruit, il a un bel avenir devant lui.

— Vos parents sont riches? questionna crûment Maigret.

— Ils ont la plus grosse affaire de cardages et câbles métalliques de Quimper. C'est pourquoi Pierre ne voulait même pas parler à mon père... Pendant toute une année, nous nous sommes vus en cachette...

— Vous aviez dix-huit ans l'un et l'autre?

— A peine! C'est moi qui ai parlé chez moi. Et Pierre a juré qu'il ne m'épouserait que quand il gagnerait au moins deux mille francs par mois... Vous voyez que...

— Il vous a écrit, depuis son arrestation?

— Une seule lettre. Très courte. Lui qui m'adressait tous les jours des pages et des pages! Il dit qu'il vaut mieux pour moi et mes parents, que j'annonce dans le pays que tout est rompu entre nous... »

Ils passaient près de l'*Océan* qu'on continuait à décharger et qui, à marée haute, dominait le quai de sa coque noire. Sur le gaillard d'avant, trois hommes, le torse nu, se lavaient et parmi eux Maigret reconnut P'tit Louis.

Il surprit aussi un geste : un des matelots qui poussait l'autre de l'épaule en désignant Maigret et la jeune fille. Alors il se renfrogna.

« C'est par délicatesse, n'est-ce pas? continuait la voix à côté de lui. Il sait l'ampleur que prend un scandale dans une petite ville comme Quimper... Il a voulu me rendre ma liberté... »

Le matin était limpide. La jeune fille, dans son tailleur gris, avait l'air d'une étudiante ou d'une institutrice.

« Pour que mes parents m'aient laissée partir, il faut qu'ils aient confiance en lui, eux aussi!... Et, pourtant, mon père préférerait me voir épouser un commerçant... »

Maigret la fit attendre assez longtemps dans l'antichambre du commissaire de police. Il prit quelques notes.

Une demi-heure plus tard, tous deux pénétraient dans la prison.

***

C'était le Maigret maussade, aux mains derrière le dos, à la pipe vissée entre les dents, qui se tenait, l'échine ronde, dans un coin de la cellule. Il avait prévenu les autorités qu'il ne s'occupait pas officiellement de l'enquête et qu'il ne suivait celle-ci qu'en curieux.

Plusieurs personnes lui avait décrit le télégraphiste et l'image qu'il s'en était faite répondait trait pour trait au garçon qu'il avait sous les yeux.

Un grand jeune homme maigre, au complet correct, encore que fripé, au visage grave et timide à la fois de premier de classe. Des taches de rousseur sous les yeux et des cheveux coupés en brosse.

Il avait sursauté quand la porte s'était ouverte. Il était resté un bon moment très loin de la jeune fille qui s'avançait. Elle avait dû se jeter dans ses bras, littéralement, y rester de force, tandis qu'il lançait à la ronde des regards éperdus.

« Marie!... Qui est-ce qui?... Comment?... »

Il était troublé au plus haut degré. Mais ce n'était pas l'homme à s'agiter. Les verres de ses lunettes seuls étaient embués. Ses lèvres frémissaient.

« Il ne fallait pas venir... »

Et il épiait Maigret qu'il ne connaissait pas, puis fixait la porte restée entrouverte.

Il n'avait pas de faux col, pas de lacets à ses chaussures, mais par contre une barbe de plusieurs jours, roussâtre. Tout cela le gênait, malgré le drame. Il se tâtait avec embarras le cou nu, la pomme d'Adam saillante.

« Est-ce que ma mère?...

— Elle n'est pas venue! Mais elle ne croit pas non plus que tu sois coupable... »

La jeune fille, elle non plus, ne parvenait pas à donner libre cours à son émotion. C'était comme une scène ratée, peut-être à cause de la crudité de l'atmosphère?

Ils se regardaient et ils ne savaient que dire, ils

cherchaient leurs mots. Alors Marie Léonnec désigna Maigret.

« C'est un ami de Jorissen... Il est commissaire à la Police judiciaire et il accepte de nous aider... »

Le Clinche hésita à tendre la main, n'osa pas le faire.

« Merci... Je... »

C'était raté sur toute la ligne et la jeune fille, qui s'en rendait compte, avait envie de pleurer. N'avait-elle pas compté sur une entrevue pathétique qui convaincrait Maigret ?

Elle regardait son fiancé avec dépit, avec même une pointe d'impatience.

« Il faudra que tu lui dises tout ce qui peut être utile à ta défense... »

Et Pierre Le Clinche soupirait, gauche et ennuyé...

« Je n'ai guère que quelques questions à vous poser ! intervint le commissaire. Tout l'équipage est d'accord pour dire qu'au cours de la campagne vos rapports avec le capitaine ont été plus que froids. Or, au départ, vous étiez plutôt en bons termes. Qu'est-ce qui a provoqué ce changement ? »

Le télégraphiste ouvrit la bouche, se tut, fixa le plancher d'un œil désolé.

« Des questions de service ?... Les deux premiers jours, vous mangiez avec le second et le chef mécanicien... Ensuite vous avez préféré manger avec les hommes...

— Oui... Je sais...

— Pourquoi?... »

Et Marie Léonnec, impatientée :

« Mais parle donc, Pierre! Il s'agit de te sauver! Tu dois dire la vérité...

— Je ne sais pas... »

Il était sans nerfs, sans ressort, comme sans espoir.

« Avez-vous eu des discussions avec le capitaine Fallut?

— Non...

— Et pourtant vous avez vécu près de trois mois sur le même bateau que lui sans lui adresser la parole. Tout le monde l'a remarqué... Certains chuchotent que Fallut, à certains moments, donnait l'impression d'un fou...

— Je ne sais pas... »

Marie Léonnec contenait des sanglots d'énervement.

« Quand l'*Océan* est rentré au port, vous êtes allé à terre avec les hommes... Dans votre chambre d'hôtel, vous avez brûlé des papiers...

— Oui! C'était sans importance...

— Vous avez l'habitude de tenir un journal de tout ce que vous voyez... N'était-ce pas le journal de cette campagne que vous avez brûlé?... »

Et il restait debout, tête basse, comme un élève qui ne sait pas sa leçon et qui fixe le sol d'un air buté.

« Oui...

— Pourquoi?

— Je ne sais plus!...

— Et vous ne savez pas non plus pourquoi vous êtes retourné à bord?... Pas tout de suite!... On vous a vu embusqué derrière un wagon situé à cinquante mètres du bateau... »

La jeune fille regarda le commissaire, puis son fiancé, puis encore le commissaire et elle commença à perdre pied.

« Oui...

— Le capitaine a franchi la passerelle, a mis les pieds sur le quai... C'est à ce moment qu'il a été attaqué... »

Il se taisait toujours.

« Mais répondez-moi, sacrebleu!

— Oui, réponds, Pierre!... C'est pour te sauver... Je ne comprends pas... Je... »

Des larmes gonflaient ses paupières.

« Oui...

— Quoi, oui?...

— J'étais là!

— Alors, vous avez vu?...

— Mal... Il y avait des tas de barils, des wagons... Une lutte entre deux hommes, puis l'un d'eux qui se sauvait tandis qu'un corps tombait dans l'eau...

— Comment était le fuyard?

— Je ne sais pas...

— Il était habillé en marin?

— Non!

— Donc, vous savez comment il était habillé?

— J'ai seulement remarqué des souliers jaunes, alors qu'il passait près d'un bec de gaz...

— Qu'est-ce que vous avez fait ensuite?

— Je suis allé à bord...

— Pourquoi? Et pourquoi ne portiez-vous pas secours au capitaine? Vous saviez qu'il était déjà mort?... »

Un silence pesant. Marie Léonnec qui joignait les mains d'angoisse :

« Mais parle, Pierre! parle, je t'en supplie! »

Des pas dans le couloir. Le geôlier venait annoncer qu'on attendait Le Clinche chez le juge d'instruction.

Sa fiancée voulut l'embrasser. Il hésita. Il finit par la prendre dans ses bras, lentement, d'un air réfléchi.

Et ce ne fut pas sa bouche qu'il baisa, mais les petits cheveux clairs et frisés des tempes.

« Pierre!...

— Il ne fallait pas venir! » lui dit-il, le front plissé, en suivant le geôlier d'une démarche lasse.

Maigret et Marie Léonnec gagnèrent la sortie sans rien dire. Dehors, elle soupira avec peine :

« Je ne comprends pas... je... »

Mais, redressant la tête :

« Il est quand même innocent, j'en suis sûre! Nous ne comprenons pas, parce que nous n'avons jamais été dans une situation pareille! Voilà trois jours qu'il est en prison, que tout le monde l'accuse... Et c'est un timide!... »

Maigret en fut attendri, tant elle s'ingéniait à mettre de fougue dans ses paroles, alors qu'elle était totalement découragée.

« Vous ferez quelque chose malgré tout, n'est-ce pas?...

— A condition que vous retourniez chez vous, à Quimper...

— Non!... Pas ça!... Dites!... Permettez-moi de...

— Eh bien, filez à la plage. Installez-vous près de ma femme et essayez de vous occuper. Elle aura bien un ouvrage de broderie pour vous...

— Qu'est-ce que vous allez faire?... Vous croyez que cette indication des souliers jaunes... »

On se retournait sur eux, car Marie Léonnec était si animée qu'ils avaient l'air de se disputer.

« Je vous répète que je ferai tout ce qui sera en mon pouvoir... Tenez! cette rue conduit tout droit à l'hôtel de la Plage... Dites à ma femme que je rentrerai peut-être déjeuner assez tard... »

Et il fit volte-face, gagna les quais. Son air bourru avait disparu. Il souriait presque.

Il avait craint une scène tumultueuse dans la cellule, des protestations véhémentes, des larmes, des baisers. Cela s'était passé autrement, d'une façon à la fois plus simple, plus déchirante et plus significative.

Le personnage lui plaisait, justement par ce qu'il avait de distant, de concentré.

Devant une boutique, il rencontra P'tit Louis qui avait une paire de bottes en caoutchouc à la main.

« Où vas-tu?

— Les vendre! Vous ne voulez pas les racheter? Ce qu'on fait de mieux au Canada! Je vous défie d'en trouver des pareilles en France. Deux cents francs... »

P'tit Louis était quand même un peu inquiet et n'attendait que la permission de poursuivre sa route.

« Est-ce qu'il t'est déjà venu à l'idée que le capitaine Fallut était timbré?...

— Vous savez, dans les soutes, on ne voit pas grand-chose...

— Mais on parle!... Alors?...

— Évidemment qu'il y a eu de drôles d'histoires!...

— Quoi?...

— Tout... Rien!... C'est difficile à expliquer... Surtout une fois à terre!... »

Il tenait toujours ses bottes à la main et le marchand d'articles pour la marine qui l'avait repéré l'attendait sur son seuil.

« Vous n'avez plus besoin de moi?

— Quand est-ce que ça a commencé exactement?

— Tout de suite, quoi!... Un bateau, c'est bien portant ou c'est malade... Eh bien, l'*Océan* était malade...

— Des fausses manœuvres?

— Et tout! Qu'est-ce que vous voulez que je vous dise?... Des choses qui n'ont pas de sens, mais qui existent quand même... La preuve, c'est qu'on avait l'impression qu'on ne rentrerait pas... Alors, c'est vrai qu'on ne m'embêtera plus pour cette affaire de portefeuille?...

— On verra... »

Le port était à peu près vide. L'été, tous les bateaux sont à Terre-Neuve, sauf les barques de pêche qui font le poisson frais le long de la côte. Il n'y avait que l'*Océan* à profiler sa silhouette sombre dans le bassin et c'était lui qui saturait l'air d'une forte odeur de morue.

Près des wagons, un homme en guêtres de cuir, en casquette à galon de soie.

« L'armateur? demanda Maigret à un douanier qui passait.

— Oui... le directeur de la Morue française... »

Le commissaire se présenta. L'autre le regarda avec méfiance, sans cesser de surveiller le déchargement.

« Que pensez-vous du meurtre de votre capitaine?

— Ce que j'en pense?... C'est que voilà huit cents tonnes de morue avariée!... Et que, si cela continue, le bateau ne repartira pas pour une seconde campagne!... Et ce n'est pas la police qui arrangera les choses, ni qui comblera le déficit!

— Vous aviez toute confiance en Fallut, n'est-ce pas?

— Oui! Et après?

— Vous croyez que le télégraphiste...

— Télégraphiste ou non, c'est une année fichue! Et je ne parle pas des filets qu'ils me rapportent! Des filets qui ont coûté deux millions, vous entendez?... Déchirés comme si l'on s'était amusé à pêcher des roches... L'équipage qui parle de mauvais œil par surcroît!... Hé! là-bas... Qu'est-ce que vous faites?... Mais, nom de D... de nom de D..., est-ce que j'ai dit, oui ou non, de finir avant tout le chargement de ce wagon?... »

Et il se mit à courir le long du bateau en fulminant contre tout le monde.

Maigret resta encore quelques instants à assister au déchargement. Puis il s'éloigna dans la direction de la jetée, parmi les groupes de pêcheurs en vareuse de toile rose.

Bientôt quelqu'un, derrière lui, fit :

« Pssst!... Pssst!... Hé! monsieur le commissaire... »

C'était Léon, le patron du *Rendez-vous des Terre-Neuvas,* qui essayait de le rejoindre en actionnant aussi vite qu'il le pouvait ses courtes jambes.

« Venez prendre quelque chose à la maison... »

Il avait l'air mystérieux, plein de promesses. En chemin, il expliqua :

« Cela se calme! Ceux qui ne sont pas rentrés chez eux, en Bretagne ou dans les villages, ont à peu près dépensé tout leur argent... Ce matin, je n'ai eu que quelques pêcheurs de maquereau... »

Ils traversaient le quai. Ils pénétraient dans le café qui était vide, hormis la servante qui essuyait les tables.

« Attendez!... Qu'est-ce que vous prenez?... Un petit apéritif?... Il est bientôt l'heure... Remarquez que, comme je vous le disais hier, je ne les pousse pas à la consommation... Au contraire!... Surtout que, quand ils ont bu, ils font de la casse pour plus que ce qu'ils me rapportent... Va donc voir à la cuisine si j'y suis, Julie... »

Une œillade entendue au commissaire.

« A votre santé!... Je vous ai aperçu de loin... Alors, comme j'avais quelque chose à vous dire... »

Il alla s'assurer que la fille n'écoutait pas derrière la porte. Puis, l'air de plus en plus énigmatique et ravi tout ensemble, il tira quelque chose de sa poche : un carton du format d'une photographie.

« Voilà! Qu'est-ce que vous en dites?... »

C'était bien une photo, une photo de femme. Mais la tête était complètement couverte de traits à l'encre rouge. On avait voulu faire disparaître cette tête, rageusement. La plume avait gratté le papier. Il y avait des lignes dans tous les sens, au point qu'il n'existait plus un millimètre carré de visible.

Par contre, sous le visage, le buste était intact. Une poitrine assez opulente. Une robe de soie claire, très collante et très décolletée.

« Où avez-vous trouvé ça?... »

Nouvelles œillades.

« Entre nous, je peux bien le dire... La cantine de Le Clinche ferme mal... Alors, il avait pris l'habitude de glisser les lettres de sa fiancée sous le tapis de sa table...

— Et vous les lisiez?

— C'était sans intérêt... C'est par hasard... Quand on a perquisitionné, on n'a pas pensé à regarder sous le tapis... L'idée m'en est venue hier au soir et voilà ce que j'ai trouvé... Bien sûr qu'on ne voit plus la tête... N'empêche que ce n'est pas la fiancée, qui n'est pas balancée comme ça!... J'ai vu son portrait aussi... Donc, il y a une autre femme sous roche... »

Maigret regardait fixement le portrait. La ligne des épaules était savoureuse. La femme devait être moins jeune que Marie Léonnec. Et il y avait dans ce buste quelque chose d'extrêmement sensuel.

D'un peu vulgaire aussi! La robe sentait la confection. Une coquetterie à bon marché.

« Il y a de l'encre rouge dans la maison?

— Non! Rien que de l'encre verte...

— Le Clinche ne se servait jamais d'encre rouge?

— Jamais! Il avait son encre à lui, à cause du stylo. De l'encre spéciale, bleu-noir... »

Maigret se leva, gagna la porte.

« Vous permettez?... »

Quelques instants plus tard, il était à bord de l'*Océan*, fouillait la cabine du télégraphiste, puis celle du capitaine, sale et en désordre.

Il n'existait pas d'encre rouge sur le chalutier. Les pêcheurs n'en avaient jamais vu.

Quand il quitta le navire, Maigret reçut un

mauvais regard de l'armateur qui houspillait toujours son monde.

« Est-ce qu'il y a de l'encre rouge dans vos bureaux?

— De l'encre rouge? Pour quoi faire? Nous ne tenons pas une école... »

Mais brusquement comme s'il se rappelait quelque chose :

« Il n'y avait que Fallut à écrire à l'encre rouge, quand il était chez lui, rue d'Étretat... Qu'est-ce que c'est encore cette histoire?... Attention au wagon, là-bas!... Il ne manquerait plus qu'un accident... Alors, vous, qu'est-ce que vous vouliez avec votre encre rouge?...

— Rien!... Je vous remercie... »

P'tit Louis revenait sans ses bottes mais avec quelques verres dans le nez, une casquette de voyou sur la tête, des savates aux pieds.

3

LE PORTRAIT SANS TÊTE

« *ET qu'on ne pourrait quand même pas dire à moi que j'ai des économies, ce qui vaut bien le traitement d'un capitaine...* »

Maigret quittait Mme Bernard sur le seuil de sa petite maison de la rue d'Étretat. C'était une femme d'une cinquantaine d'années, fort bien conservée, qui venait de parler une demi-heure durant de son premier mari, de son veuvage, du capitaine qui était devenu son locataire, des bruits qui avaient couru sur leurs relations et enfin d'une inconnue qui était certainement une « femme de mauvaise vie ».

Le commissaire avait visité toute la maison, bien tenue mais pleine de choses de mauvais goût. La chambre du capitaine Fallut était encore telle qu'on l'avait arrangée en prévision de son retour.

Peu d'objets personnels : quelques vêtements dans une malle, quelques livres, surtout des romans d'aventures et des photographies de bateaux.

Tout cela donnait l'impression d'une existence paisible et médiocre.

« ... C'était convenu sans être convenu mais chacun savait que nous finirions par nous marier... Moi, j'apportais la maison, les meubles, le linge... Il n'y aurait rien eu de changé et nous aurions été tranquilles, surtout dans trois ou quatre ans, quand il aurait eu sa pension... »

Par les fenêtres on apercevait l'épicerie d'en face, la rue en pente, le trottoir où jouaient des gamins.

« C'est cet hiver qu'il a rencontré cette femme et tout a été bouleversé... A son âge!... Est-ce possible de se toquer ainsi d'une créature?... Et il en a fait des mystères!... Il devait aller la voir au Havre ou ailleurs, car on ne les a jamais rencontrés ensemble... Je sentais qu'il y avait quelque chose sous roche... Il s'achetait du linge plus fin... Et même, une fois, des chaussettes de soie!... Puisqu'il n'y avait rien entre nous, cela ne me regardait pas et je ne voulais pas avoir l'air de défendre mes intérêts... »

C'était toute une partie de la vie du mort que cette conversation avec Mme Bernard éclairait. Le petit homme entre deux âges qui rentrait au port après une campagne de pêche et qui, l'hiver, vivait là comme un bon bourgeois, près de Mme Bernard qui le soignait en attendant de se faire épouser!

Il mangeait avec elle, dans la salle à manger, sous le portrait du premier mari aux moustaches blondes. Puis il allait dans sa chambre lire un roman d'aventures.

Et voilà que cette paix était troublée. Une autre femme apparaissait. Le capitaine Fallut allait souvent au Havre, soignait sa tenue, se rasait de plus près, achetait même des chaussettes de soie et se cachait de sa logeuse!

Pourtant il n'était pas marié, il n'avait pris aucun engagement. Il était libre et néanmoins il ne se montrait pas une seule fois à Fécamp avec l'inconnue.

Était-ce la grande passion, la grande aventure qui se présentait sur le tard? Ou bien quelque liaison honteuse?

Maigret arrivait sur la plage, apercevait sa femme assise dans un fauteuil transatlantique à rayures rouges et, près d'elle, Marie Léonnec qui cousait.

Quelques baigneurs, sur les galets blancs de soleil. Une mer lasse. Et là-bas, de l'autre côté de la jetée, l'*Océan*, à quai, la morue en vrac qu'on débarquait toujours et les matelots maussades, aux phrases pleines de réticences.

Il embrassa Mme Maigret au front. Il inclina la tête devant la jeune fille et répondit à son coup d'œil interrogateur :

« Rien de spécial!... »

Et sa femme, d'une voix inquiète :

« Mlle Léonnec m'a raconté toute son histoire. Tu crois que ce garçon est capable d'avoir commis un acte pareil?... »

Ils se dirigèrent lentement vers l'hôtel. Maigret portait les deux fauteuils pliants. Ils allaient se mettre à table quand un agent en uniforme arriva, qui cherchait le commissaire.

« On m'a dit de vous montrer ceci. C'est arrivé voilà une heure... »

Et il tendait une enveloppe jaune qu'on avait décachetée et qui ne portait aucune adresse. A l'intérieur, une feuille de papier, une petite écriture serrée, minutieuse :

« *Qu'on n'accuse personne de ma mort et qu'on ne cherche pas à comprendre mon geste.*

« *Ici sont mes dernières volontés. Je lègue ce que je possède à Mme veuve Bernard, qui a toujours été bonne pour moi, à charge pour elle d'envoyer mon chronomètre en or à mon neveu qu'elle connaît et de veiller à ce que je sois enterré au cimetière de Fécamp, près de ma mère...* »

Maigret écarquillait les yeux.

« C'est signé Octave Fallut! dit-il à mi-voix. Comment cette lettre est-elle arrivée au commissariat?

— On ne sait pas. On l'a trouvée dans la boîte. Il paraît que c'est bien son écriture... Le commissaire a immédiatement averti le Parquet...

— N'empêche qu'il a été étranglé! Et qu'il est impossible de s'étrangler soi-même! » grommela Maigret.

Près d'eux, la table d'hôte était bruyante. Il y avait des radis roses sur un ravier.

« Attendez un instant, que je copie cette lettre. Car vous devez l'emporter?

— On ne m'a pas donné d'instructions spéciales, mais je suppose...

— Oui. Elle doit être versée au dossier... »

Un peu plus tard, Maigret, sa copie à la main, regardait avec impatience la salle à manger où il allait perdre une heure à attendre les plats. Marie Léonnec, pendant tout ce temps, ne cessa de l'observer, mais sans oser interrompre sa méditation bourrue. Seule Mme Maigret soupira, devant de pâles escalopes :

« Nous aurions quand même été mieux en Alsace... »

Maigret se leva avant le dessert, s'essuya la bouche, pressé de revoir le chalutier, le port, les matelots. Et chemin faisant, il grommelait :

« Fallut savait qu'il allait mourir!... Mais savait-il qu'il serait tué?... Est-ce qu'il a voulu, d'avance, sauver son assassin, ou avait-il seulement envie de se suicider?...

« Par qui, au surplus, l'enveloppe jaune avait-elle été jetée dans la boîte du commissariat? Il n'y avait pas de timbre, pas d'adresse! »

La nouvelle devait déjà s'être répandue car, quand Maigret arriva près du chalutier, le directeur de la Morue française l'interpella avec une ironie agressive.

« Alors, il paraît que Fallut s'est étranglé lui-même?... Qui est-ce qui a trouvé celle-là?...

— Voulez-vous me dire plutôt quels sont les officiers de l'*Océan* qui sont encore à bord?

— Aucun!... Le second est allé faire la bombe à Paris... Le chef mécanicien est chez lui, à Yport, et ne reviendra que quand le déchargement sera terminé... »

Maigret visita une fois de plus la cabine du capitaine. Une cabine étroite. Un lit, avec une courtepointe sale. Une armoire dans la cloison. Une cafetière d'émail bleu sur la table couverte d'une toile cirée. Des bottes à semelle de bois dans un coin.

C'était sombre et poisseux, saturé de l'âcre odeur qui régnait dans le bateau tout entier. Des tricots rayés de bleu séchaient sur le pont. Maigret faillit s'étaler en traversant la passerelle grasse de détritus de poisson.

« Vous avez trouvé quelque chose? »

Le commissaire haussa les épaules, regarda encore une fois l'*Océan* d'un air lugubre, s'informa auprès d'un douanier des moyens de se rendre à Yport.

C'est un village au pied de la falaise, à six kilomètres de Fécamp. Quelques maisons de pêcheurs. Quelques fermes alentour. Des villas, pour la plupart louées meublées pendant la saison d'été, et un seul hôtel.

Sur la plage, de nouveau des maillots de bain, des gosses et des mamans occupées à tricoter ou à broder.

« La maison de M. Laberge, s'il vous plaît?

— Le chef mécanicien de l'*Océan,* ou le fermier?

— Le mécanicien. »

On lui montra une petite maison entourée d'un jardinet. Et, comme il s'approchait de la porte peinte en vert, il lui parvint de l'intérieur des bruits de dispute. Deux voix : une d'homme et une de femme. Mais il ne pouvait distinguer les mots et il frappa.

Tout se tut. Des pas s'approchèrent. La porte s'ouvrit et un homme grand et maigre se montra, méfiant, hargneux.

« Qu'est-ce que c'est ? »

Une femme en tenue de ménagère arrangeait vivement ses cheveux en désordre.

« J'appartiens à la Police judiciaire et je voudrais vous poser quelques questions...

— Entrez!... »

Un gosse pleurait et son père le poussa d'un geste brutal dans la chambre voisine où l'on aperçut le pied d'un lit.

« Tu veux nous laisser! » dit Laberge à sa femme.

Elle avait les yeux rouges, elle aussi. La dispute avait dû éclater pendant le repas, car les assiettes étaient à moitié pleines.

« Qu'est-ce que vous voulez savoir?

— Depuis quand n'êtes-vous plus allé à Fécamp?

— Ce matin... J'y suis allé en vélo, car ce n'est pas drôle d'entendre la femme brailler toute la journée... On passe des mois en mer, à se crever... Et, quand on rentre... »

Sa colère n'était pas calmée. Il est vrai que son haleine était saturée de relents d'alcool.

« Elles sont toutes les mêmes! Jalousie et compagnie! Elles se figurent qu'on n'a rien d'autre en tête que d'aller voir des poules... Écoutez! La voilà qui est en train de rosser le gosse pour passer ses nerfs... »

L'enfant criait, en effet, dans la pièce voisine, et la voix de femme s'élevait :

« Veux-tu te taire!... Hein! te tairas-tu?... »

Ces mots devaient s'accompagner de gifles ou de bourrades, car les sanglots éclataient de plus belle.

« Ah! c'est une jolie vie...

— Est-ce que le capitaine Fallut vous avait déjà fait part d'un chagrin quelconque? »

L'autre regarda Maigret de travers, changea une chaise de place.

« Qu'est-ce qui vous fait penser ça?

— Il y a longtemps que vous naviguiez avec lui, n'est-ce pas?

— Cinq ans...

— Et, à bord, vous preniez vos repas ensemble...

— Sauf cette fois-ci! Il s'est mis en tête de manger tout seul, dans sa cabine... Mais j'aimerais autant ne plus parler de cette saloperie de campagne!

— Quand le crime a été commis, où étiez-vous?

— Au café, avec les autres... On a dû vous le dire...

— Et vous croyez que le télégraphiste avait une raison de s'attaquer au capitaine? »

Brusquement, Laberge se fâcha.

« Où voulez-vous en venir avec vos questions? Qu'est-ce que vous voulez que je vous dise, moi? Je n'étais pas chargé de faire la police, vous entendez? Et j'en ai plein le dos! De cette histoire et du reste! Au point que je me demande si je vais m'embarquer pour la prochainc campagne!

— La dernière n'a évidemment pas été brillante! »

Nouveau regard aigu à Maigret.

« Qu'est-ce que vous voulez dire?

— Que tout allait mal! Un mousse est mort! Il y a eu plus d'accidents que d'habitude! La pêche n'a pas été bonne et la morue est arrivée avariée à Fécamp...

— Est-ce ma faute?

— Je ne dis pas cela! Je vous demande seulement s'il y a dans les événements auxquels vous avez assisté quelque chose qui puisse expliquer la mort du capitaine... C'était un homme calme, à la vie rangée... »

Le mécanicien ricana, mais ne dit rien.

« Est-ce que vous lui connaissez une aventure?

— Puisque je vous dis que je ne sais rien, que j'en ai par-dessus la tête!... Est-ce qu'on veut me faire devenir fou?... Qu'est-ce qu'il te faut encore, toi?... »

C'était à sa femme qu'il en avait, car elle venait de rentrer dans la pièce et elle se dirigeait vers le fourneau où une casserole dégageait une odeur de brûlé.

Elle pouvait avoir trente-cinq ans. Elle n'était ni laide ni jolie.

« Un moment... dit-elle avec humilité. C'est la pâtée du chien qui...

— Dépêche-toi !... Ce n'est pas encore fini ?.. »

Et, à Maigret :

« Voulez-vous que je vous dise une bonne chose ? Laissez tout ça tranquille ! Fallut est bien là où il est ! Moins on en parlera et mieux ça vaudra ! Maintenant, je ne sais rien et me poserait-on des questions pendant toute la journée que je n'aurais pas un mot de plus à répondre... Vous êtes venu par le train ?... Si vous ne prenez pas celui qui part dans dix minutes, vous n'en aurez plus avant huit heures du soir... »

Il avait ouvert la porte. Du soleil pénétrait dans la pièce.

« De qui votre femme est-elle jalouse ? » demanda doucement le commissaire, une fois sur le seuil.

Il serra les dents sans mot dire.

« Est-ce que vous connaissez cette personne ? »

Et Maigret tendit le portrait dont la tête disparaissait sous le gribouillage à l'encre rouge. Mais il tenait le pouce sur cette tête. On ne voyait que le corsage de soie.

L'autre lui lança un regard rapide, voulut saisir le carton.

« Vous la reconnaissez?

— Comment voulez-vous que je la reconnaisse? »

Et il ouvrait encore la main tandis que Maigret remettait le portrait dans sa poche.

« Vous venez demain à Fécamp?

— Je ne sais pas... Vous avez besoin de moi?

— Non! Je demandais cela à tout hasard... Je vous remercie des renseignements que vous avez bien voulu me donner...

— Je ne vous ai pas donné de renseignements du tout! »

Maigret n'avait pas fait dix pas que la porte était refermée d'un coup de pied et que des voix éclataient à l'intérieur de la maison où la dispute devait reprendre de plus belle.

***

Le chef mécanicien avait dit la vérité : il n'y avait pas de train pour Fécamp avant huit heures du soir et Maigret, désœuvré, échoua fatalement sur la plage, où il s'installa à la terrasse de l'hôtel.

C'était l'atmosphère banale des vacances : des parasols rouges, des robes blanches, des pantalons de flanelle et un groupe de curieux autour d'une barque de pêche qu'on tirait sur les galets à l'aide d'un cabestan.

Les falaises claires à gauche et à droite.

Devant, la mer, d'un vert pâle, ourlée de blanc, et le murmure régulier de la vaguelette du bord.

« De la bière !... »

Le soleil était chaud. Une famille mangeait des glaces à la table voisine. Un jeune homme prenait des photographies avec un Kodak et il y avait quelque part des voix pointues de jeunes filles.

Maigret laissait son regard errer sur le paysage et sa pensée devenait flottante, son cerveau s'engourdissait en une rêverie qui tournait autour d'un capitaine Fallut de plus en plus inconsistant.

« Merci bien !... »

Ces deux mots vinrent s'incruster dans son esprit, non à cause de leur sens, mais parce qu'ils étaient prononcés sèchement, avec une ironie acerbe, par une femme qui se trouvait derrière le commissaire.

« Pourtant, puisque je te dis, Adèle...

— Zut !...

— Tu ne vas pas recommencer ?...

— Je ferai ce qu'il me plaira ! »

C'était décidément la journée des disputes ! Dès le matin, Maigret tombait sur un bonhomme hérissé : le directeur de la Morue française.

A Yport, c'était une scène de ménage chez les Laberge. Et voilà qu'à la terrasse un couple inconnu échangeait des propos plutôt aigres.

« Tu ferais mieux de réfléchir...

— Zut !...

— Tu crois que c'est intelligent de répondre ainsi ?

— Zut et zut ! As-tu compris ?... Garçon ! cette limonade est tiède !... Allez m'en chercher une autre... »

L'accent était vulgaire et la femme parlait plus haut qu'il n'était nécessaire.

« Il faudra pourtant bien que tu te décides !... reprenait l'homme.

— Mais vas-y tout seul ! Je te l'ai déjà dit ! Et laisse-moi tranquille...

— Tu sais que c'est ignoble, ce que tu fais là ?

— Et toi ?...

— Moi ?... Tu oses... Tiens ! si nous n'étions pas ici, je crois que j'aurais de la peine à me contenir... »

Elle rit. Beaucoup trop fort !

« Tais-toi, je t'en prie !

— Chéri, va !...

— Et pourquoi me tairais-je ?

— Parce que !

— Je dois dire que la réponse est intelligente...

— Est-ce que tu vas te taire ?

— Si cela me plaît...

— Adèle, je te préviens que...

— Que quoi ?... Que tu vas faire un scandale devant tout le monde ?... Tu seras bien avancé !... Déjà les gens nous écoutent...

— Tu ferais mieux de réfléchir et tu comprendrais... »

Elle se leva d'une détente, comme quelqu'un

qui en a assez. Maigret lui tournait le dos, mais il vit son ombre grandir sur les dalles de la terrasse.

Puis il la vit, elle, de dos, qui marchait vers le bord de la mer.

A contre-jour, elle n'était qu'une silhouette devant le ciel qui rougeoyait. Maigret remarqua seulement qu'elle était assez bien habillée, qu'elle n'était pas en tenue de plage mais qu'elle portait des bas de soie et des chaussures à haut talon.

Cela lui valut, quand elle traversa la plage de galets, une démarche difficile et sans grâce. A chaque instant, elle était sur le point de se fouler la cheville.

Mais elle tenait à aller de l'avant, rageuse, obstinée.

« Je vous dois, garçon?...

— Mais je n'ai pas encore apporté la limonade que madame...

— Peu importe! Cela fait combien?...

— Neuf francs cinquante... Vous ne dînerez pas ici?...

— Je n'en sais rien... »

Maigret se retourna pour voir l'homme qui manifesta de la gêne, car il n'ignorait pas que les voisins avaient tout entendu.

Il était grand, d'une élégance douteuse. Ses yeux étaient fatigués et tout son visage trahissait un énervement extrême.

Debout, il hésita sur la direction à prendre, finit, en essayant de se montrer flegmatique, par marcher vers la jeune femme qui suivait maintenant la ligne sinueuse de la mer.

« Encore un faux ménage, sûrement! dit quelqu'un à une table où trois femmes faisaient du crochet.

— Ils pourraient laver leur linge sale ailleurs! Ce n'est pas un exemple à donner aux enfants... »

Les deux silhouettes se rejoignaient au bord de l'eau. On n'entendait plus les paroles. Les attitudes n'en laissaient pas moins deviner la scène.

L'homme suppliait et menaçait. La femme se montrait intraitable. A certain moment, il lui prit le poignet et l'on put croire que cela allait dégénérer en bataille.

Mais non! il lui tournait le dos. Il marchait à grands pas vers une rue proche où il mettait en marche une petite voiture grise.

« Encore un demi, garçon!... »

Maigret venait de s'apercevoir que la jeune femme avait oublié son sac à main sur la table. Un sac en imitation crocodile, plein à craquer, tout neuf.

Une ombre s'avançait sur le sol. Il leva la tête et alors il vit de face la propriétaire du sac qui regagnait la terrasse.

Ce fut un petit choc. Les narines du commissaire frémirent.

Certes, il pouvait se tromper. C'était une impression beaucoup plus qu'une certitude.

Mais il eût juré qu'il avait devant lui l'original du portrait sans tête.

Il le tira d'ailleurs de sa poche, discrètement. La femme s'était rassise.

« Eh bien, garçon, ma limonade...

— Je croyais... monsieur a dit...

— Je vous ai commandé une limonade!... »

C'était bien la ligne un peu grasse du cou, la poitrine à la fois abondante et ferme, d'une élasticité voluptueuse.

Et la même façon de s'habiller, le même goût pour les soies très lisses, aux couleurs voyantes.

Maigret laissa tomber le portrait de telle sorte que sa voisine fut forcée de le voir.

Elle le vit, en effet. Elle regarda le commissaire avec l'air de chercher dans ses souvenirs. Mais, si elle fut troublée, ce trouble ne se manifesta pas dans sa contenance.

Cinq minutes, dix minutes s'écoulèrent. Un ronronnement de moteur pointa au loin, grandit. C'était la voiture grise qui revenait vers la terrasse, s'arrêtait, repartait, comme si son conducteur n'eût pu se décider à s'éloigner définitivement.

« Gaston!... »

Elle était debout. Elle faisait signe à son compagnon. Cette fois, elle saisissait son sac et l'instant d'après elle pénétrait dans l'auto.

Les trois femmes de la table voisine la suivaient des yeux d'un air réprobateur. Le jeune homme au Kodak se retournait.

La voiture grise disparaissait déjà dans un vrombissement de moteur.

« Garçon!... Où peut-on se procurer une voiture?...

— Je ne pense pas que vous en trouviez à Yport... Il y en a bien une, qui conduit parfois des gens à Fécamp ou à Étretat, mais justement je l'ai vue partir ce matin avec des Anglais... »

Les gros doigts du commissaire tapotaient la table à une cadence rapide.

« Apportez-moi une carte routière!... Et demandez-moi le commissariat de police de Fécamp à l'appareil... Vous avez déjà vu ces gens-là?...

— Le couple qui se disputait?... Presque tous les jours de cette semaine... Hier, ils ont déjeuné ici... Je crois qu'ils sont du Havre... »

Il n'y avait plus que des familles, sur la plage qui exhalait la douceur d'un soir d'été. Un bateau noir gravitait insensiblement sur la ligne d'horizon, pénétrait dans le soleil, en ressortait de l'autre côté, comme on traverse un cerceau de papier.

4

SOUS LE SIGNE DE LA COLÈRE

« MOI, dit le commissaire de police de Fécamp tout en taillant un crayon bleu, j'avoue que je n'ai plus beaucoup d'illusions. C'est si rare qu'on éclaircisse ces histoires de marins ! Que dis-je ? Essayez seulement de découvrir le fin mot d'une vulgaire bagarre comme il en éclate tous les jours dans le port. Au moment où mes hommes arrivent, ils sont en train de se taper dessus. Qu'ils aperçoivent les uniformes et ils se mettent tous ensemble pour attaquer ! Interrogez-les ! Ils mentent tous ! Ils se contredisent ! Ils embrouillent tellement bien les choses qu'on finit par y renoncer... »

Ils étaient quatre à fumer dans le bureau déjà plein de fumée de tabac. C'était le soir. Le commissaire de la Brigade mobile du Havre, qui était officiellement chargé de la direction de l'enquête, était accompagné d'un jeune inspecteur.

Maigret, lui, était là à titre privé. Assis dans un coin, au bord d'une table, il n'avait encore rien dit.

« Cela me paraît pourtant simple! risqua l'inspecteur, tout en quêtant l'approbation de son chef. Le crime n'a pas eu le vol pour mobile. Donc, il s'agit d'une vengeance. Avec qui le capitaine Fallut s'est-il montré le plus dur au cours de la campagne? »

Mais le commissaire du Havre haussa les épaules et l'inspecteur se tut en rougissant.

« Pourtant...

— Non, mon vieux, non! Il y a autre chose... Et d'abord la femme que vous avez dénichée, Maigret... Vous avez donné toutes les indications aux gendarmeries pour qu'on la retrouve?... Par exemple, je n'arrive pas à préciser son rôle... Le bateau est resté absent trois mois... Elle n'était même pas au débarquement, puisque personne ne nous l'a signalée... Le télégraphiste est fiancé... Le capitaine Fallut, à ce qu'on dit, n'a pas l'air d'un homme à faire des folies... Et pourtant, il rédige son testament un peu avant d'être assassiné...

— Il serait intéressant de savoir aussi qui a pris soin d'apporter ce testament ici... soupira Maigret. Il y a un petit journaliste — celui qui porte un imperméable beige — qui prétend, dans *L'Éclair de Rouen,* que l'*Océan* était chargé par ses armateurs d'une mission tout autre que la pêche à la morue...

— On dit cela à chaque fois! » grommela le commissaire de Fécamp.

La conversation était molle. Il y eut un long silence pendant lequel on entendit grésiller la pipe de Maigret, qui se leva soudain avec effort.

« Si l'on me demandait la caractéristique de cette affaire-ci, dit-il, je répondrais qu'elle est placée sous le signe de la colère... Tout ce qui vient du chalutier est hargneux, crispé, emporté... *Au Rendez-vous des Terre-Neuvas,* l'équipage se soûle et se bat... Le télégraphiste, à qui j'amène sa fiancée, contient mal son impatience et lui fait un œil assez frais... C'est tout juste s'il ne la prie pas de se mêler de ce qui la regarde!... A Yport, le chef mécanicien agonit sa femme et me reçoit comme un roquet... Enfin, je trouve deux autres personnes qui semblent marquées du même signe : la prénommée Adèle et son compagnon, qui se font des scènes sur la plage et qui ne se raccommodent qué pour disparaître...

— Qu'en concluez-vous? questionna le commissaire du Havre.

— Moi? Je ne conclus pas! Je remarque seulement que j'ai l'impression de circuler au milieu d'une bande d'enragés... Allons, bonsoir, messieurs... Je suis ici en amateur, moi!... Et ma femme m'attend à l'hôtel... Vous me ferez prévenir, commissaire, si l'on retrouve la femme d'Yport et l'homme à l'auto grise?...

— Entendu! Bonne nuit... »

Maigret, au lieu de traverser la ville, longea les quais, mains dans les poches, pipe aux dents. Le bassin vide était un grand quadrilatère noir où ne brillaient que les lampes de l'*Océan,* qu'on déchargeait toujours.

« ... sous le signe de la rage !... » grommela-t-il pour lui-même.

Personne ne fit attention à lui quand il monta à bord. Il marcha le long du pont, comme sans but, aperçut de la lumière à l'écoutille du gaillard d'avant. Il se pencha, reçut au visage un air chaud, une odeur rappelant la chambrée, le réfectoire et la poissonnerie tout ensemble.

Il descendit l'escalier de fer et se trouva nez à nez avec trois hommes qui mangeaient dans des gamelles posées sur leurs genoux. Pour les éclairer, une lampe à pétrole montée sur cardan. Au milieu du poste un poêle de fonte couvert de croûtes de crasse.

Le long des cloisons, quatre étages de couchettes, les unes encore pleines de paille, les autres vides. Et des bottes, des suroîts qui pendaient.

Seul des trois, P'tit Louis s'était levé. Les deux autres étaient le Breton et un nègre aux pieds nus.

« Bon appétit !... » grogna Maigret.

D'autres grognements lui répondirent :

« Où sont vos camarades?

— Chez eux, tiens donc! fit P'tit Louis. Faut ne pas savoir où aller et être *sans un* pour rester ici quand on ne navigue pas... »

Il était nécessaire de s'habituer à la demi-obscurité et surtout à l'odeur. Et l'on pouvait imaginer le même poste quand quarante hommes y vivaient sans être capables de faire un mouvement qui ne heurtât pas les autres.

Quarante hommes se jetant tout bottés dans les cadres, ronflant, chiquant, fumant !

« Le capitaine venait parfois ici ?

— Jamais. »

Et encore le halètement de la machine, l'odeur de charbon, la suie, les cloisons de métal brûlantes, les coups de pilon de la mer...

« Viens avec moi, P'tit Louis... »

Et Maigret surprit un geste que, par fanfaronnade, le matelot adressait aux autres, derrière son dos.

Mais là-haut, sur le pont tout noyé d'ombre, toute crânerie avait disparu.

« Qu'est-ce qu'il y a ?...

— Rien... Attends... Supposons que le capitaine soit mort en route... Est-ce que quelqu'un aurait pu ramener le bateau au port ?

— Peut-être que non... Parce que le second ne sait pas faire le point... Il est vrai qu'on prétend qu'avec la T.S.F. le télégraphiste peut toujours reconnaître la position...

— Tu le voyais souvent, le télégraphiste ?

— Jamais ! Faut pas vous imaginer qu'on circule ici dedans comme maintenant... Il y a des quartiers pour les uns, des quartiers pour les autres... On reste des jours et des jours dans son coin...

— Et le chef mécanicien ?

— Celui-là, oui ! Je le voyais pour ainsi dire tous les jours.

— Comment était-il ? »

P'tit Louis devint fuyant.

« Est-ce que je sais, à la fin?... Et qu'est-ce que vous voulez y comprendre?... Je voudrais vous y voir quand tout va mal, qu'un mousse a passé par-dessus bord, qu'un joint de vapeur saute, que le capitaine s'obstine à faire traîner le chalut là où il n'y a pas un poisson, qu'un homme attrape la gangrène, et tout... Alors vous jureriez des milliards de tonnerre de Dieu!... Et, pour un oui ou pour un non, vous flanqueriez votre poing à la figure de quelqu'un!... Quand on vous dit par-dessus le marché que le capitaine, là-haut, est dingo...

— Il l'était?

— Je ne suis pas allé le lui demander... Puis...

— Puis?...

— Après tout, qu'est-ce que ça peut bien faire? Il y aura toujours quelqu'un qui vous le dira... Paraît qu'ils étaient trois, là-haut, à ne pas quitter leur revolver... Trois à s'épier, à avoir peur l'un de l'autre... C'est tout juste si le capitaine sortait parfois de sa cabine, où il avait fait apporter les cartes, le compas, le sextant et le reste...

— Et cela a duré trois mois?

— Oui! Est-ce que vous avez encore des choses à me demander?

— Merci... Tu peux aller... »

P'tit Louis s'éloigna comme à regret, resta un instant devant l'écoutille à observer le commissaire qui fumait sa pipe à petites bouffées.

Des cales béantes, on extrayait toujours de la morue, à la lueur des lampes à acétylène. Mais le policier voulait oublier les wagons, les débardeurs, les quais, les jetées et le phare.

Il était debout sur un univers de tôle et, les yeux mi-clos, il évoquait la pleine mer, un champ de houles égales que l'étrave labourait sans répit, heure après heure, jour après jour, semaine après semaine.

« Si vous croyez qu'on circule comme maintenant. »

Des hommes aux machines. Des hommes dans le poste avant. Et, dans le château arrière, une pincée d'humains : le capitaine, son second, le chef mécanicien et le télégraphiste.

Une petite lampe d'habitacle pour éclairer le compas. Des cartes étalées.

Trois mois!

Quand ils étaient revenus, le capitaine Fallut avait rédigé son testament par lequel il affirmait son intention de mettre fin à ses jours.

Une heure après l'arrivée à quai, il était étranglé, jeté dans le bassin.

Et Mme Bernard, sa logeuse, se désolait parce que cela rendait désormais impossible une union bien assortie! Le chef mécanicien faisait des scènes à sa femme! Une certaine Adèle tenait tête à un inconnu, mais fuyait avec lui au moment où Maigret lui mettait sous le nez son portrait raturé d'encre rouge!

Le télégraphiste Le Clinche, dans sa prison, se montrait d'une humeur massacrante!

Le bateau bougeait à peine. Tout juste un mouvement léger, comme le soulèvement d'une poitrine. Un des trois hommes du gaillard d'avant jouait de l'accordéon.

Maigret, en tournant la tête, aperçut sur le quai deux silhouettes de femmes, se précipita, franchit la passerelle.

« Qu'est-ce que vous venez faire ici ? »

Il rougit parce que le ton avait été âpre, parce que surtout il avait conscience d'être gagné à son tour par cette frénésie qui animait tous les acteurs du drame.

« Nous avons voulu voir le bateau..., dit Mme Maigret avec une humilité désarmante.

— C'est ma faute ! intervint Marie Léonnec. C'est moi qui ai insisté pour...

— C'est bon ! C'est bon ! Vous avez dîné ?...

— Il est dix heures... et vous ?...

— Oui... Merci... »

Il n'y avait guère que le *Rendez-vous des Terre-Neuvas* à être encore éclairé. Sur la jetée, on devinait quelques silhouettes : des touristes qui faisaient consciencieusement leur promenade du soir.

« Vous avez découvert quelque chose ? questionna la fiancée de Le Clinche.

— Pas encore ! Ou pas grand-chose !

— Je n'ose pas vous demander une faveur...

— Dites toujours !

— Je voudrais voir la cabine de Pierre... Est-ce que vous permettez ? »

Il l'y conduisit en haussant les épaules, tandis que Mme Maigret refusait de franchir la passerelle.

Une véritable boîte de métal. Les appareils de T.S.F. Une table de tôle, un banc et une couchette. Sur une cloison, le portrait de Marie Léonnec en costume breton. Il y avait de vieux souliers par terre, un pantalon sur la couchette.

La jeune fille respirait cette atmosphère avec une curiosité mêlée de joie.

« Oui!... Ce n'est pas tout à fait comme ça que je me le figurais... Ses souliers n'ont jamais été cirés... Tenez! il buvait toujours dans ce verre, sans le laver... »

Une drôle de fille! Un mélange de timidité, de faiblesse, de bonne éducation et, d'autre part, d'énergie et d'audace. Elle hésitait.

« Et la cabine du capitaine? »

Maigret esquissa une ombre de sourire, car il comprenait qu'au fond d'elle-même elle espérait faire une découverte. Il l'y conduisit. Il alla même chercher une lanterne qui se trouvait sur le pont.

« Comment peuvent-ils vivre dans cette odeur?... » soupira-t-elle.

Elle regardait avec attention autour d'elle. Il la vit se troubler, de timidité, en articulant :

« Pourquoi le lit a-t-il été surélevé? »

Il en laissa éteindre sa pipe. L'observation était juste. Tout l'équipage couchait dans des cadres faisant en quelque sorte partie de l'architecture même du bateau. Seul le capitaine avait un lit de fer.

Or, sous chaque pied, on avait posé un cube de bois.

« Vous ne trouvez pas que c'est étrange?... On dirait...

— Continuez... »

Toute trace de mauvaise humeur avait disparu. Maigret voyait le visage pâle de la jeune fille se tirer sous l'effet de la réflexion et de la joie.

« On dirait... mais vous allez rire de moi!... qu'on a surélevé le lit pour que quelqu'un puisse se cacher dessous... Sans les morceaux de bois, le sommier est beaucoup trop bas... Tandis que comme ceci... »

Et avant qu'il eût pu intervenir, elle se couchait par terre, en dépit de la saleté qui recouvrait le plancher. Elle se glissait sous le lit.

« Il y a place! dit-elle.

— Oui... Venez...

— Un moment, voulez-vous?... Passez-moi un instant la lampe, commissaire... »

Elle se taisait.

Il ne pouvait se rendre compte de ce qu'elle faisait. Il s'impatientait.

« Eh bien?...

— Oui... Attendez... »

Elle revint soudain, son tailleur gris tout maculé, les prunelles fiévreuses.

« Tirez le lit... Vous verrez... »

La voix était cassée. Les mains frémissaient. Maigret arracha brutalement le lit de la cloison, regarda par terre.

« Je ne vois rien... »

Comme elle ne répondait pas, il se retourna et constata qu'elle pleurait.

« Qu'est-ce que vous avez vu?... Pourquoi pleurez-vous?...

— Ici... Lisez... »

Il fallait se baisser, mettre la lampe tout contre la cloison. Alors on distinguait des mots écrits sur le bois à l'aide d'une pointe quelconque, une épingle ou un clou.

« *Gaston — Octave — Pierre — Hen...* »

Le dernier mot était inachevé. Et pourtant il ne s'agissait pas d'un travail rapide. Certaines lettres avaient dû demander plus d'une heure! Il y avait des fioritures, des traits comme on en trace quand on est désœuvré.

La note comique était représentée par deux bois de cerf dessinés au-dessus du nom « Octave ».

La jeune fille s'était assise au bord du lit tiré au milieu de la cabine. Elle pleurait toujours, en silence.

« Curieux! grogna Maigret. Je serais ravi de savoir si... »

Alors elle se leva, véhémente.

« Mais oui! C'est cela! Il y avait une femme ici! Elle se cachait... N'empêche que des hommes venaient la retrouver... Est-ce que le capitaine Fallut ne s'appelait pas Octave? »

Le commissaire avait rarement été aussi embarrassé.

« Ne vous hâtez pas trop de tirer des conclusions! dit-il, sans la moindre conviction d'ailleurs.

— Mais c'est écrit! Toute l'histoire est là! Quatre hommes qui... »

Que pouvait-il lui dire pour la calmer?

« Croyez-en mon expérience! En matière policière, il faut toujours attendre avant de juger... Vous me disiez hier encore que Le Clinche n'est pas capable de tuer...

— Oui!... sanglota-t-elle. Oui! Je le crois!... N'est-ce pas?... »

Elle se raccrochait quand même à l'espoir.

« Il s'appelle Pierre!...

— Je sais... Et après?... Il y a un marin sur dix qui s'appelle Pierre et il y avait cinquante hommes à bord... Il est aussi question d'un Gaston... Et d'un Henry...

— Qu'est-ce que vous en pensez?

— Rien!

— Vous allez montrer cela au juge?... Quand je pense que c'est moi qui...

— Calmez-vous! Nous n'avons encore rien découvert du tout, sinon que le lit a été surélevé pour une raison ou pour une autre et que quelqu'un a écrit des prénoms sur la cloison...

— Il y avait une femme...

— Pourquoi une femme?

— Mais...

— Venez!... Mme Maigret nous attend sur le quai...

— C'est vrai... »

Docile, elle essuya ses larmes, en reniflant.

« Je n'aurais pas dû venir... Moi qui croyais... Mais ce n'est pas possible que Pierre... Dites! il faut que je le voie le plus tôt possible!... Je lui parlerai, toute seule... Vous ferez le nécessaire, n'est-ce pas? »

Avant de s'engager sur la passerelle, elle lança un regard chargé de haine au bateau noir qui n'était plus le même pour elle, maintenant qu'elle savait qu'une femme s'était cachée à bord.

Mme Maigret l'observa avec curiosité.

« Ne pleurez pas, voyons! Vous savez bien que tout cela s'arrangera...

— Non! Non!... » fit-elle de la tête, avec désespoir.

Elle ne pouvait pas parler. Elle étouffait. Elle voulait regarder encore le bateau. Et Mme Maigret, qui n'y comprenait rien, questionnait son mari des yeux.

« Reconduis-la à l'hôtel... Essaie de la calmer...

— Il s'est passé quelque chose?...

— Rien de précis... Je rentrerai sans doute assez tard... »

Il les regarda s'éloigner. Marie Léonnec se retourna dix fois et sa compagne devait l'entraîner comme une enfant.

Maigret faillit remonter à bord. Mais il avait soif. Il y avait toujours de la lumière au *Rendez-vous des Terre-Neuvas*.

A une table, quatre marins jouaient aux

cartes. Près du comptoir, un jeune aspirant avait le bras passé autour de la taille de la serveuse qui émettait de temps en temps un petit rire.

Le patron, lui, suivait la partie et donnait des conseils :

« Tiens!... C'est vous!... » fit-il pour accueillir Maigret.

Et il ne paraissait pas si heureux que cela de le revoir. Au contraire. Il laissait percer une certaine gêne.

« Allons, Julie!... Sers monsieur le commissaire... Qu'est-ce que je peux vous offrir?...

— Rien du tout! Si vous le permettez, je prendrai une consommation comme un simple client...

— Je ne voulais pas vous vexer... Je... »

Est-ce que la journée allait s'achever sous le signe de la colère? Un des marins grommelait quelque chose en patois normand et Maigret traduisit à peu près :

« Bon! voilà que ça sent encore le roussi!... »

Le commissaire le regarda dans les yeux. L'autre rougit, balbutia :

« Atout trèfle!...

— T'aurais dû jouer pique! » dit Léon pour parler.

5

ADÈLE ET SON COMPAGNON

La sonnerie du téléphone retentit. Léon se précipita, appela bientôt Maigret à l'appareil.

« Allô! fit une voix ennuyée au bout du fil. Le commissaire Maigret?... Ici, le secrétaire du commissariat... Je viens de téléphoner à votre hôtel où l'on m'a dit que vous étiez peut-être au *Rendez-vous des Terre-Neuvas*... Excusez-moi de vous déranger, monsieur le commissaire... Voilà une demi-heure que je suis suspendu à l'appareil... Impossible de joindre le patron!... Quant au commissaire de la Brigade mobile, je me demande s'il n'a pas quitté Fécamp... Or, j'ai deux drôles de cocos qui viennent d'arriver et qui ont, paraît-il, des déclarations urgentes à faire... Un homme et une femme...

— Avec une auto grise?...

— Oui... Ce sont ceux que vous cherchiez?... »

Dix minutes plus tard, Maigret arrivait au commissariat, dont les bureaux étaient déserts hormis le bureau public divisé en deux par une barrière. Le secrétaire écrivait tout en fumant une cigarette. Assis sur un banc, les coudes sur les genoux, le menton entre les mains, un homme attendait.

Une femme, enfin, allait et venait en martelant le plancher de ses hauts talons.

Dès l'entrée du commissaire, elle marcha vers lui, en même temps que l'homme se levait avec un soupir de soulagement, grommelait même entre ses dents :

« Ce n'est pas trop tôt!... »

C'était bien le couple d'Yport, un peu plus hargneux encore qu'au cours de la scène de ménage dont Maigret avait été le témoin.

« Voulez-vous me suivre à côté... »

Et Maigret les introduisit dans le bureau du commissaire, s'assit dans le fauteuil de celui-ci, bourra une pipe, tout en observant ses clients.

« Vous pouvez vous asseoir...

— Merci! fit la femme qui, des deux, était décidément la plus nerveuse. Je n'en ai d'ailleurs pas pour longtemps... »

Il la voyait de face, éclairée par une forte lampe électrique. Il n'y avait pas besoin d'un long examen pour la classer. Le portrait dont il ne restait que le buste n'avait-il pas suffi?

Une belle fille, dans l'acception populaire du mot. Une fille à la chair appétissante, aux dents saines, au sourire provoquant, au regard toujours allumé.

Plus exactement une belle garce, frôleuse,

gourmande, prête à provoquer un scandale ou à rire aux éclats d'un grand rire peuple.

Son corsage était de soie rose, piqué d'une broche en or large comme une pièce de cent sous.

« Je tiens d'abord à vous dire...

— Pardon ! interrompit Maigret. Veuillez vous asseoir, comme je vous l'ai déjà demandé. Vous répondrez à mes questions. »

Elle sourcilla. Sa bouche devint mauvaise.

« Dites donc ! Vous oubliez que je suis ici parce que je veux bien... »

Son compagnon fit la moue, ennuyé par cette attitude. Ils étaient bien assortis. Il était exactement l'homme qu'on rencontre d'habitude avec des filles pareilles.

Sa mine n'était pas patibulaire à proprement parler. Il était habillé correctement, encore qu'avec mauvais goût. Il avait de grosses bagues aux doigts et une perle à sa cravate. N'empêche que l'ensemble était inquiétant. Peut-être parce qu'on le sentait en dehors des classes sociales établies.

C'était l'homme qu'on voit à toute heure dans les cafés et dans les brasseries, buvant du mousseux en compagnie de filles et logeant dans les hôtels de troisième ordre.

« Vous d'abord ! Votre nom, domicile, profession... »

Il voulut se lever.

« Restez assis...

— Je vais vous expliquer.

— Rien du tout! Votre nom...

— Gaston Buzier... Pour le moment, je m'occupe de vente et de location de villas... J'habite le plus souvent au Havre, à l'hôtel de l'Agneau d'argent...

— Vous êtes établi marchand de biens?

— Non... Mais...

— Vous êtes au service d'une agence?...

— C'est-à-dire...

— Suffit! En deux mots, vous bricolez... Qu'est-ce que vous faisiez auparavant?

— J'étais représentant d'une marque de bicyclettes... J'ai aussi placé des machines à coudre dans les campagnes...

— Combien de condamnations?

— Ne réponds pas, Gaston! intervint la femme. C'est un peu fort, à la fin! C'est nous qui venons pour...

— Tais-toi! Deux condamnations. Une avec sursis, pour chèque sans provision... Une autre à deux mois, pour n'avoir pas versé au propriétaire l'acompte que j'avais reçu sur une villa... Vous voyez que ce sont des peccadilles... »

En tout cas, on sentait chez lui l'habitude d'être en face de la police. Il restait désinvolte, avec un rien de méchanceté dans le regard.

« A votre tour! fit Maigret en se tournant vers la femme.

— Adèle Noirhomme... née à Belleville...

— Fille soumise?...

— Il y a cinq ans, ils m'ont mise sur les registres, à Strasbourg, à cause d'une bourgeoise qui m'en voulait de lui avoir chipé son mari... Mais, depuis lors...

— ... Vous avez échappé au contrôle de la police!... Parfait!... Voulez-vous me dire à quel titre vous vous êtes embarquée sur l'*Océan?*

— Il faut d'abord qu'on vous explique! répliqua l'homme. Parce que, si l'on est ici, c'est justement qu'on n'a rien à se reprocher... A Yport, Adèle est venue me dire que vous aviez sa photographie et que vous alliez sûrement l'arrêter... Notre première idée a été de filer pour éviter les histoires... Parce qu'on connaît quand même la musique!... A Étretat, j'ai aperçu de loin les gendarmes en faction et j'ai compris qu'on allait être traqués... Alors, j'ai préféré venir de moi-même...

— A vous, Madame! Je vous ai demandé ce que vous faisiez à bord du chalutier...

— C'est bien simple! Je suivais mon amant!

— Le capitaine Fallut?

— Le capitaine, oui! J'étais pour ainsi dire avec lui depuis le mois de novembre... On s'est rencontrés au Havre, dans un café... Il est tombé amoureux... Il est revenu deux ou trois fois par semaine... Même qu'au début je le prenais pour un maniaque, parce qu'il ne me demandait rien... Mais non! il était pincé... Le grand jeu!... Il m'a loué une jolie chambre meublée et j'ai compris que, si je savais m'y prendre, il finirait par m'épouser... Les marins, ça ne roule pas sur l'or, mais c'est régulier, et il y a la pension...

— Vous n'êtes jamais venue à Fécamp avec lui ?

— Non ! Il me le défendait. C'est lui qui venait là-bas. Il était jaloux. Un bonhomme qui n'a pas dû avoir beaucoup d'aventures car, à cinquante ans, il était aussi timide avec les femmes qu'un collégien... Avec ça, quand il m'a eue dans la peau...

— Pardon ! Vous étiez déjà la maîtresse de Gaston Buzier ?

— Naturellement ! Mais j'avais présenté Gaston à Fallut comme mon frère...

— Compris ! En somme, vous viviez tous les deux des subsides du capitaine...

— Je travaillais ! protesta Buzier.

— On connaît ça ! Tous les samedis après-midi ! Qui est-ce qui a pensé à vous faire embarquer ?

— Fallut ! A l'idée de me laisser seule pendant toute la campagne, il se rongeait... D'autre part, il avait la frousse, parce que le règlement est sévère et que c'était un homme à cheval sur les règlements... Jusqu'au dernier moment, il a résisté... Puis il est venu me chercher... Il m'a fait entrer dans sa cabine, la nuit qui a précédé le débarquement... Moi, ça m'amusait, à cause du changement, mais si j'avais su ce que c'était, je l'aurais laissé tomber en vitesse !...

— Buzier n'a pas protesté ?...

— Il était hésitant... Vous comprenez ?... Fallait pas aller contre les idées du vieux... Il m'avait promis de prendre sa retraite tout de suite après la campagne et de m'épouser... Une jolie vie qu'il m'a réservée!... Enfermée toute la journée dans une cabine qui puait le poisson!... Et encore! quand il entrait quelqu'un, je devais me cacher sous le lit!... On était à peine en mer que Fallut regrettait déjà de m'avoir emmenée... Je n'ai jamais vu un homme avoir les foies comme lui... Dix fois par jour il venait s'assurer que la porte était bien fermée... Si je parlais, il me faisait taire, par crainte qu'on m'entende... Il était maussade, crispé... Il lui arrivait de me regarder pendant de longues minutes comme si la tentation le prenait de se débarrasser de moi en me lançant par-dessus bord... »

Elle avait la voix criarde. Elle gesticulait.

« Sans compter qu'il devenait toujours plus jaloux! Il me questionnait sur mon passé. Il essayait de savoir... Il restait des trois jours sans me parler, à m'épier comme une ennemie... Puis, tout à coup, la passion le reprenait... Il y a eu des moments où j'avais peur de lui...

— Quels sont les membres de l'équipage qui vous ont vue à bord?...

— C'était la quatrième nuit... Je voulais prendre l'air sur le pont... J'en avais assez d'être enfermée... Fallut est allé s'assurer qu'il n'y avait personne... C'est tout juste s'il m'a permis de faire cinq pas en long et en large... Il a dû monter un instant sur la passerelle et c'est alors que le télégraphiste est arrivé, qu'il m'a parlé... Il était tout intimidé, mais fiévreux... Le lendemain, il est parvenu à pénétrer dans ma cabine...

— Fallut l'a vu?

— Je ne crois pas... Il ne m'a rien dit...

— Vous êtes devenue la maîtresse de Le Clinche? »

Elle ne répondit pas. Gaston Buzier ricana.

« Avoue donc! lui lança-t-il d'une voix méchante.

— Est-ce que je ne suis pas libre? Surtout que tu t'es privé de femmes pendant mon absence... Hein?... La petite de la *Villa des Fleurs!*... Et cette photo que j'ai trouvée dans ta poche... »

Maigret restait sérieux comme un augure.

« Je vous demande si vous êtes devenue la maîtresse du télégraphiste...

— Et moi, je vous dis zut!... »

Elle le provoquait, avec un sourire humide. Elle se savait désirable. Elle comptait sur ses lèvres charnues, sur son corps savoureux.

« Le chef mécanicien vous a vue, lui aussi...

— Qu'est-ce qu'il vous a raconté?

— Rien! Je résume! Le capitaine vous tenait cachée dans sa cabine... Tour à tour Pierre Le Clinche et le chef mécanicien venaient en cachette vous y retrouver... Est-ce que Fallut s'en est aperçu?

— Non!

— N'empêche qu'il avait des soupçons, qu'il rôdait autour de vous, qu'il ne vous quittait que quand c'était strictement nécessaire...

— Comment le savez-vous?

— Est-ce qu'il parlait encore de vous épouser?

— Je ne sais pas... »

Et Maigret revoyait le chalutier, les chauffeurs isolés dans les soutes, les hommes entassés dans le gaillard d'avant, la cabine du télégraphiste, celle du capitaine, à l'arrière, avec le lit surélevé.

La campagne avait duré trois mois!

Et trois hommes, pendant ce temps, avaient tourné autour de la cabine où cette femme était enfermée.

« Une belle sottise que j'ai faite! lançait-elle. Je vous jure que si c'était à recommencer!... On devrait toujours se méfier des hommes timides qui vous parlent de mariage...

— Si tu m'avais écouté... intervint Gaston Buzier...

— Toi, ferme ça!... Si je t'avais écouté, je sais bien dans quel genre de maison je serais à l'heure qu'il est!... Je ne veux pas dire de mal de Fallut, puisqu'il est mort... N'empêche qu'il était piqué... Il se faisait des idées... Il se serait cru déshonoré rien que du fait d'avoir enfreint les règlements... Et ça a été de mal en pis... Après huit jours, il ne desserrait plus les dents, sauf pour me faire des scènes... Ou bien pour me demander si personne n'était entré dans la cabine!... « Il était surtout jaloux de Le Clinche... Il me disait :

« — Cela te plairait, hein! un jeune homme!... « Avoue!... Avoue que s'il entrait ici en mon absence tu ne le repousserais pas!... »

« Et il ricanait au point que ça faisait mal...

— Combien de fois Le Clinche vous a-t-il rejointe? questionna lentement Maigret.

— Eh bien, tant pis... Une fois... Le quatrième jour... Je ne pourrais même pas dire comment c'est arrivé... Après, ça n'a plus été possible, parce que Fallut me surveillait de trop près...

— Et le mécanicien?...

— Jamais!... il a essayé... Il venait me regarder à travers le hublot... Et il avait alors une tête toute pâle... Vous croyez que c'est une vie?... J'étais comme une bête en cage... Quand il y avait de la mer, j'étais malade et Fallut ne me soignait même pas... Il restait des semaines sans me toucher... Puis ça le prenait... Il m'embrassait comme il m'aurait mordue... Il me serrait comme pour m'étouffer... »

Gaston Buzier avait allumé une cigarette qu'il fumait avec une moue ironique.

« Vous remarquerez, monsieur le commissaire, que je n'y suis pour rien!... Pendant ce temps-là, je travaillais...

— Toi, je t'en prie!... fit-elle avec impatience.

— Que s'est-il passé au retour?... Fallut vous avait-il dit son intention de se tuer?...

— Lui?... Rien du tout!... Quand on est arrivé au port, il y avait quinze jours qu'il ne m'adressait pas la parole... D'ailleurs, je crois qu'il ne parlait à personne... Il était des heures à regarder fixement devant lui... Même que j'étais décidée à le lâcher... J'en avais marre, vous comprenez?... J'aime encore mieux crever de faim, mais avoir ma liberté... J'ai entendu qu'on arrivait à quai... Il est entré dans la cabine et il ne m'a dit que quelques mots :

« — Vous attendrez que je vienne vous chercher... »

— Pardon! il ne vous tutoyait pas?...

— A la fin, non!

— Continuez...

— Je ne sais rien d'autre... Ou plutôt, le reste, c'est Gaston qui me l'a raconté... Il était sur le quai, lui...

— Parlez! dit Maigret à l'homme.

— Comme elle dit, j'étais sur le quai... J'ai vu les matelots entrer au café... J'attendais Adèle... Il faisait noir... A un moment donné, le capitaine est descendu à terre, tout seul... Il y avait des wagons en stationnement... Il a fait quelques pas et c'est alors qu'un homme s'est jeté sur lui... Je ne sais pas au juste ce qui s'est passé, mais il y a eu le bruit d'un corps qui tombe à l'eau...

— Vous reconnaîtriez l'homme?

— Non! il faisait noir et il y avait les wagons qui me cachaient presque tout...

— Dans quelle direction est-il parti?

— Je crois qu'il a suivi le quai...

— Et vous n'avez pas aperçu le télégraphiste?

— Je ne sais pas... Je ne le connais pas...

— Alors, vous, comment êtes-vous sortie du bateau?

— Quelqu'un a ouvert la porte de la cabine

où j'étais bouclée... C'était Le Clinche... Il m'a dit :

« — Filez vite ! »

— C'est tout?

— J'ai voulu le questionner. J'entendais des gens courir sur le quai et un canot qui s'avançait dans le bassin avec un fanal...

« — Filez ! » a-t-il répété.

« Il m'a poussée sur la passerelle. Tout le monde regardait ailleurs. On n'a pas fait attention à moi... Je me suis bien doutée qu'il se passait du vilain, mais j'ai préféré m'en aller... Gaston m'attendait un peu plus loin...

— Et qu'avez-vous fait depuis lors?

— Gaston était tout pâle. On a bu du rhum dans les bistrots. On a couché au Chemin-de-Fer... Le lendemain, tous les journaux parlaient de la mort de Fallut... Alors, on a commencé par filer au Havre, à tout hasard... On n'avait pas envie d'être mêlés à ces histoires...

— N'empêche qu'elle a voulu venir rôder par ici ! martela son amant. Je ne sais pas si c'est pour le télégraphiste ou...

— Toi, ferme ça !... Ça suffit !... Bien sûr que l'histoire m'intéressait... Alors, on est venu trois fois à Fécamp... Pour ne pas trop se faire remarquer, on couchait à Yport...

— Vous n'avez pas revu le chef mécanicien?

— Comment le savez-vous?... Un jour, à Yport... Même que le regard qu'il m'a lancé m'a fait peur... Il m'a suivie un bon moment...

— Pourquoi vous êtes-vous disputée tout à l'heure avec votre amant?... »

Elle haussa les épaules.

« Parce que!... Vous n'avez pas encore compris?... Il est persuadé que je suis amoureuse de Le Clinche, que c'est pour moi que le télégraphiste a tué, et tout... Il m'a fait des scènes... Et moi, j'en ai marre!... J'en ai assez vu sur ce bateau de malheur...

— N'empêche que quand je vous ai montré votre photographie, à la terrasse...

— C'est malin! Bien sûr que j'ai compris que vous étiez de la police! Je me suis dit que Le Clinche avait parlé... J'ai eu la frousse et j'ai conseillé à Gaston de filer... En chemin, seulement, on a pensé que ce n'était pas la peine, qu'on finirait par nous pincer au tournant... Sans compter qu'on avait tout juste deux cents francs en poche... Qu'est-ce que vous allez me faire?... Vous ne pouvez pas me mettre en prison?...

— Vous croyez que c'est le télégraphiste qui a tué?

— Comment voulez-vous que je sache?...

— Est-ce que vous possédez des souliers jaunes? demanda brutalement Maigret à Gaston Buzier.

— Je... oui... pourquoi?...

— Pour rien! Une simple question! Vous êtes sûr d'être incapable de reconnaître l'assassin du capitaine?...

— Je n'ai vu qu'une silhouette dans l'ombre.

— Eh bien, Pierre Le Clinche qui était là, lui aussi, caché par les wagons, prétend que le meurtrier portait des souliers jaunes... »

L'homme se leva d'une détente, le regard dur, les lèvres hargneuses.

« Il a dit ça?... Vous êtes sûr qu'il a dit ça?... »

La rage l'étouffait, le faisait bégayer. Ce n'était plus le même personnage. Son poing s'abattit sur le bureau.

« C'est trop fort!... Conduisez-moi près de lui!... Il le faut!... Tonnerre de Dieu, oui!... Et l'on verra qui a menti!... Des souliers jaunes!... Alors, c'était moi, quoi?... C'est lui qui me prend ma femme!... C'est lui qui la fait sortir du bateau!... Et il a le culot de dire...

— Doucement... »

Il ne pouvait plus respirer. Il haleta :

« Tu entends, Adèle?... Voilà comment ils sont, tes amants!... »

Des larmes de rage lui jaillissaient des paupières. Ses dents claquaient.

« Malheur de malheur!... C'est moi qui ai... Ha! Ha!... Ça, c'est plus fort que tout!... C'est plus beau que du cinéma!... Et, n'est-ce pas, du moment que j'ai déjà deux condamnations, c'est lui qu'on va croire... J'ai tué le capitaine Fallut!... Parce que j'étais jaloux de lui, peut-être?... Et encore quoi?... Est-ce que je n'ai pas tué le télégraphiste aussi... »

Il se passa la main dans les cheveux d'un geste fébrile, ce qui mit sa chevelure en désordre. Et ainsi il semblait plus maigre. Ses yeux étaient plus cernés, le teint plus mat.

« Qu'est-ce que vous attendez pour m'arrêter, alors?...

— Tais-toi! » gronda sa maîtresse.

Mais elle s'affolait, elle aussi. Ce qui ne l'empêchait pas de lancer à son compagnon des regards inquisiteurs.

Est-ce qu'elle doutait? N'était-ce qu'une comédie?

« Si vous devez m'arrêter, faites-le tout de suite! Mais je demande à être confronté avec ce monsieur... On verra bien!... »

Maigret avait pressé un timbre électrique. Le secrétaire du commissaire montrait son visage inquiet.

« Vous garderez monsieur et madame jusqu'à demain matin, en attendant que le juge prenne une décision.

— Crapule! lui lança Adèle en crachant par terre. On m'y reprendra à dire la vérité... Et d'abord, tout ce que j'ai raconté, c'est de l'invention, là!... Et je ne signerai aucun procès-verbal... Tirez votre plan!... Ah! c'est ainsi... »

Et, tournée vers son amant :

« T'en fais pas, Gaston!... On tient le bon bout!... Et tu verras qu'en fin de compte, c'est encore nous qui les aurons... Seulement, une femme qui a figuré sur le registre des mœurs, n'est-ce pas? c'est juste bon à fourrer au violon... Est-ce que ce ne serait pas moi, par hasard, qui aurais tué le capitaine?... »

Maigret sortit sans en entendre davantage. Dehors, il s'emplit les poumons d'air marin, secoua la cendre de sa pipe. Il n'avait pas fait dix pas qu'il entendait, dans le poste de police, Adèle qui lançait aux agents les mots les plus orduriers de son vocabulaire.

Il était deux heures du matin. La nuit était d'un calme irréel. La marée était haute et les barques de pêche balançaient leurs mâts plus haut que le toit des maisons.

Par-dessus tout, le bruissement régulier, vague après vague, du flot sur les galets.

Des lumières crues, autour de l'*Océan*. On déchargeait toujours, jour et nuit, et les hommes de peine poussaient en s'arc-boutant les wagons de morue à mesure qu'ils étaient pleins.

Le *Rendez-vous des Terre-Neuvas* était fermé. A l'hôtel de la Plage, le portier, un pantalon passé sur sa chemise de nuit, ouvrit la porte au commissaire.

Une seule lampe était allumée dans le hall. C'est pourquoi Maigret ne distingua pas tout de suite une silhouette de femme dans un fauteuil de rotin.

C'était Marie Léonnec. Elle dormait, la tête sur l'épaule.

« Je crois qu'on vous attend... » souffla le portier.

Elle était pâle. On la devinait anémique. Ses lèvres manquaient de couleur et le cerne de ses paupières trahissait la fatigue. Elle dormait la bouche entrouverte, comme si elle eût manqué d'air.

Maigret lui toucha l'épaule, doucement. Elle sursauta, se dressa, le regarda, confuse.

« J'ai dormi... Oh!...

— Pourquoi n'êtes-vous pas couchée?... Ma femme ne vous a pas conduite dans votre chambre?...

— Oui... Je suis redescendue sans bruit... Je voulais savoir... Dites... »

Elle était moins jolie que d'habitude parce que le sommeil lui avait rendu la peau moite. Et une piqûre de moustique mettait une tache rouge au milieu du front.

Sa robe, qu'elle avait dû tailler elle-même dans une serge résistante, était fripée.

« Vous avez découvert quelque chose de nouveau?... Non?... Écoutez... Moi, j'ai beaucoup pensé... Je ne sais pas comment vous dire... Avant que je voie Pierre, demain, je voudrais que vous lui parliez, que vous lui disiez que je sais tout au sujet de cette femme, que je ne lui en veux pas... Je suis sûre, voyez-vous, qu'il n'est pas coupable... Seulement, si je lui en parle la première, il sera gêné... Vous l'avez vu ce matin... Il se ronge... Est-ce que ce n'est pas naturel, s'il y avait une femme à bord, qu'il... »

Mais non! C'était au-dessus de ses forces! Elle éclatait en sanglots. Elle ne pouvait plus s'arrêter de pleurer.

« Surtout, il ne faudrait pas que ce soit dans

les journaux, que mes parents l'apprennent... Ils ne comprendraient pas... Ils... »

Elle hoquetait.

« Vous devez trouver l'assassin!... Il me semble que si je pouvais, moi, interroger les gens... Pardon! je ne sais plus ce que je dis... Vous savez mieux que moi... Seulement vous ne connaissez pas Pierre... J'ai deux ans de plus que lui... C'est comme un enfant... Et surtout, si on l'accuse, il est capable de se renfermer, par orgueil, de ne rien dire... Il est très susceptible... Il a souvent été humilié... »

Maigret lui mit la main sur l'épaule, lentement, étouffa un profond soupir.

La voix d'Adèle lui bourdonnait encore dans la tête. Il la revoyait, provocante, désirable dans son épanouissement animal, magnifique de sensualité.

Et la jeune fille bien élevée, anémique, essayait de refouler ses sanglots, de sourire avec confiance.

« Quand vous le connaîtrez... »

Mais ce qu'elle ne connaîtrait jamais, elle, c'était la cabine noire autour de laquelle rôdaient trois hommes, des jours, des semaines durant, là-bas, au milieu de la mer, tandis que ceux des machines et que ceux du gaillard d'avant devinaient confusément un drame, observaient la mer, discutaient des manœuvres, se laissaient gagner par l'inquiétude et parlaient de mauvais œil et de folie.

« Je verrai Le Clinche demain.

— Mais moi?

— Peut-être... Probablement... Il faut que vous vous reposiez!... »

Et Mme Maigret murmurait un peu plus tard dans son demi-sommeil :

« Elle est bien gentille! Sais-tu qu'elle a déjà préparé tout son trousseau? Entièrement brodé à la main... Tu as du nouveau?... Tu sens le parfum... »

Un peu du parfum violent d'Adèle, sans doute, qui s'était accroché à lui. Un parfum vulgaire comme le vin bleu des bistrots, et qui, des mois durant, à bord du chalutier, s'était mêlé à l'odeur rance de la morue tandis que des hommes tournaient en rond, obstinés et hargneux comme des chiens, autour d'une cabine.

« Dors bien! » dit-il en ramenant la couverture jusqu'à son menton.

Ce fut un baiser grave, profond, qu'il mit au front de sa femme déjà assoupie.

6

LES TROIS INNOCENTS

UNE mise en scène toute simple : celle de la plupart des confrontations. Celle-ci avait lieu dans un petit bureau de la prison. Le commissaire Girard, du Havre, qui avait la direction de l'enquête, était assis dans l'unique fauteuil. Maigret, lui, s'accoudait à la cheminée de granit noir. Sur les murs, des graphiques, des avis officiels, une lithographie du président de la République.

Debout en pleine lumière, Gaston Buzier, chaussé de ses souliers jaunes.

« Faites entrer le télégraphiste ! »

La porte s'ouvrit. Pierre Le Clinche, qui n'avait pas été averti, s'avança, le front plissé, comme un homme qui souffre et qui s'attend à de nouvelles épreuves. Il vit Buzier. Mais il n'y prêta pas la moindre attention et il regarda autour de lui, se demandant vers qui il devait se tourner.

De son côté, l'amant d'Adèle l'examinait de la tête aux pieds, la lèvre dédaigneuse.

Le Clinche était fripé, son teint gris. Il ne cherchait pas à crâner ni à cacher son découragement. Il était triste comme une bête malade.

« Vous reconnaissez l'homme qui est devant vous? »

Il fixa Buzier, parut fouiller dans sa mémoire.

« Non! Qui est-ce?

— Examinez-le bien, de haut en bas... »

Le Clinche obéit et, dès que son regard fut arrivé aux chaussures, redressa la tête.

« Eh bien?...

— Oui...

— Que signifie ce oui?...

— Je comprends ce que vous voulez dire... Les souliers jaunes...

— Justement! s'emporta soudain Gaston Buzier qui n'avait rien dit jusque-là, mais dont la mine était hargneuse. Répète donc que c'est moi qui ai zigouillé ton capitaine!... Hein?... »

Tous les yeux étaient braqués sur le télégraphiste qui baissa la tête, esquissa un geste las de la main.

« Parlez...

— Ce n'étaient peut-être pas ces souliers-là...

— Ha! Ha! triomphait l'autre. Tu te dégonfles!...

— Vous ne reconnaissez pas l'assassin de Fallut?

— Je ne sais pas... Non...

— Vous n'ignorez pas que vous êtes en présence de l'amant d'une certaine Adèle, que vous connaissez... Il a avoué qu'il se trouvait à proximité du chalutier au moment du crime... Or, il portait des souliers jaunes... »

Pendant ce temps, Buzier le défiait du regard, frémissait d'impatience, de rage.

« Oui, qu'il parle!... Mais qu'il essaie de dire la vérité, sinon je jure que...

— Silence, vous! Alors, Le Clinche? »

Celui-ci se passa la main sur le front, grimaça littéralement de douleur.

« Je ne sais pas! Qu'il aille se faire pendre...

— Vous avez vu un homme portant des souliers jaunes se précipiter sur Fallut...

— J'ai oublié!

— C'est ce que vous avez déclaré lors de votre premier interrogatoire... Il n'y a pas si longtemps de ça... Maintenez-vous cette affirmation?

— Eh bien, non, là!... J'ai vu un homme avec des souliers jaunes... C'est tout... Je ne sais si c'est lui l'assassin... »

A mesure que l'interrogatoire se poursuivait, Gaston Buzier, quelque peu défrisé lui aussi par sa nuit au poste, reprenait de l'assurance. Il se balançait maintenant d'une jambe à l'autre, une main dans la poche de son pantalon.

« Vous remarquerez qu'il se dégonfle! Il n'ose pas répéter les mensonges qu'il vous a faits...

— Répondez-moi, Le Clinche... Jusqu'ici, nous sommes sûrs de la présence de deux personnes près du chalutier, lors du meurtre du capitaine... Vous d'une part... Buzier de l'autre... Après avoir accusé votre compagnon, vous semblez vous rétracter... Il y aurait donc eu une troisième personne?... Dans ce cas, cette personne, vous ne pouvez pas ne pas l'avoir vue!... Qui est-ce!... »

Silence. Pierre Le Clinche fixait le plancher.

Maigret, toujours accoudé à la cheminée, n'avait pas pris part à l'interrogatoire, laissant parler son collègue, se contentant d'observer les deux hommes :

« Je répète ma question : y avait-il une troisième personne sur le quai?

— Je ne sais pas... soupira le prévenu brisé.

— Cela veut dire oui? »

Un haussement d'épaules, qui signifiait :

« Si vous voulez...

— Qui?...

— Il faisait noir...

— Alors, dites-moi pourquoi vous avez prétendu que l'assassin portait des souliers jaunes... N'était-ce pas pour détourner les soupçons du vrai coupable, que vous connaissez?... »

Le jeune homme s'étreignit le front à deux mains.

« Je n'en peux plus!... gémit-il.

— Répondez!...

— Non... Faites ce que vous voudrez...

— Introduisez le témoin suivant... »

La porte une fois ouverte, ce fut Adèle qui s'avança, avec une assurance exagérée. D'un coup d'œil, elle fit le tour de l'assemblée, pour se rendre compte de ce qui s'était passé. Elle lança un long regard au télégraphiste qu'elle parut étonnée de trouver aussi accablé.

« Je suppose, Le Clinche, que vous reconnaissez la femme que le capitaine Fallut a tenue cachée dans sa cabine pendant toute la campagne et dont vous avez été l'amant... »

Il la regarda froidement. Et pourtant les lèvres d'Adèle s'entrouvraient déjà pour un sourire engageant.

« C'est elle.

— En somme, à bord, vous étiez trois à tourner autour de sa personne : le capitaine, le chef mécanicien et vous... Vous l'avez eue, une fois tout au moins... Le chef mécanicien n'a pas réussi... Est-ce que le capitaine a su que vous l'aviez trompé?...

— Il ne m'en a jamais parlé.

— Il était très jaloux, n'est-ce pas?... C'est à cause de cette jalousie qu'il est resté trois mois sans vous adresser la parole...

— Non...

— Comment? il y a donc une autre raison?... »

Et voilà qu'il était pourpre, qu'il ne savait où regarder, qu'il balbutiait trop vite :

« C'est-à-dire que c'est peut-être à cause de cela... Je ne sais pas...

— Quel autre sujet de haine ou de méfiance y avait-il entre vous?

— Je... Il n'y en avait pas... Vous avez raison... Il était jaloux...

— A quel sentiment avez-vous obéi en devenant l'amant d'Adèle? »

Silence.

« Vous l'aimiez?

— Non! » laissa-t-il tomber d'une voix sèche.

Et la femme de glapir :

« Merci bien! Du moins, tu es poli, toi!... N'empêche que, jusqu'au dernier jour, tu as tourné autour de moi... Est-ce vrai?... Il est vrai aussi qu'une autre t'attendait sans doute à terre... »

Gaston Buzier affectait de siffloter, les doigts passés dans les entournures du gilet.

« Dites-moi encore, Le Clinche, si, quand vous êtes remonté à bord après avoir assisté à la mort du capitaine, Adèle était bien enfermée dans sa cabine.

— Enfermée, oui!

— Donc, elle n'a pas pu tuer...

— Non! Ce n'est pas cela, je vous jure... »

Le Clinche s'énervait. Mais le commissaire Girard continuait pesamment.

« Buzier affirme que vous n'avez pas tué... Vous, après l'avoir accusé, vous vous rétractez... Une autre hypothèse est que vous soyez tous deux complices...

— Merci bien! éclata Buzier avec un violent mépris. Quand je me mêlerai de commettre un crime, ce ne sera pas avec un... un...

— Cela suffit! L'un et l'autre vous pouvez avoir tué par jalousie, puisque l'un et l'autre vous avez eu Adèle pour maîtresse. »

Un ricanement de Buzier.

« Moi, jaloux!... et de quoi?...

— Avez-vous encore des déclarations à faire?... A vous, Le Clinche...

— Non!

— Buzier?...

— Je tiens à dire que je suis innocent et je demande à être remis en liberté...

— Et vous?...

Adèle se mettait du rouge aux lèvres.

« Moi... — coup de bâton gras — ...je... — regard à son miroir — ...n'ai rien à dire du tout... Tous les hommes sont des mufles!... Vous avez entendu ce gamin-là, pour qui j'aurais peut-être été capable de faire des bêtises?... Pas la peine de me regarder comme ça, Gaston... Maintenant, si vous voulez mon avis, c'est que dans toute cette histoire de bateau, il y a des choses que nous ne savons pas... Du moment qu'on a appris qu'il y avait une femme à bord, on a cru que cela expliquait tout... Et s'il y avait autre chose?...

— Par exemple?...

— Je ne sais pas moi!... Je ne suis pas de la police... »

Elle tassait ses cheveux sous sa toque de paille rouge. Maigret remarqua que Pierre Le Clinche détournait la tête.

Les deux commissaires échangèrent un coup d'œil. Girard prononça :

« Le Clinche va rentrer dans sa cellule... Vous deux, vous attendrez au parloir... Dans un quart d'heure, je vous ferai savoir si vous êtes libres ou non... »

Les policiers restèrent seuls, soucieux l'un comme l'autre.

« Vous voulez proposer au juge d'instruction de les remettre en liberté? questionna Maigret.

— Oui! Je crois que c'est le mieux à faire! Ils sont peut-être mêlés au drame. N'empêche qu'il y a d'autres éléments qui nous échappent...

— Parbleu!

— Allô!... Donnez-moi le palais de justice du Havre, mademoiselle... Allô!... Le Parquet, oui... »

Pendant qu'un peu plus tard le commissaire Girard parlait au magistrat, il y eut une rumeur dans les couloirs. Maigret se précipita, aperçut Le Clinche, par terre, qui se débattait au milieu de trois hommes en uniforme.

Il était dans un état d'exaltation terrifiant. Ses yeux, injectés de sang, lui sortaient de la tête. La bouche bavait. Mais, tenu de toutes parts, il ne pouvait plus remuer.

« Qu'est-il arrivé?

— On ne lui avait pas mis les menottes, vu qu'il était toujours calme... Alors, en passant dans ce couloir, il a essayé de prendre mon revolver à ma ceinture. Il y est arrivé... Il voulait se tuer... J'ai pu l'empêcher de tirer... »

Couché sur le sol, Le Clinche regardait fixement au-dessus de lui et ses dents s'enfoncèrent dans la chair de ses lèvres, mêlant du sang à la salive.

Le plus touchant, c'étaient les larmes qui roulaient sur ses joues ternes.

« Peut-être qu'un médecin...

— Non! Lâchez-le! » commanda Maigret.

Et quand l'autre fut seul sur les pavés :

« Debout!... Allons!... Plus vite que ça!... Et tranquille!... Sinon, vous recevez ma main sur la figure, sale gosse que vous êtes... »

Le télégraphiste obéit, docilement, peureusement. Tout son corps pantelait de fièvre. Il s'était sali en tombant.

« Qu'est-ce que vous faites de votre fiancée, dans tout ça?... »

Le commissaire Girard arrivait.

« Entendu! dit-il. Ils sont libres tous les trois, mais ils n'ont pas le droit de quitter Fécamp... Que s'est-il passé?...

— Cet imbécile a voulu se tuer!... Si vous le permettez, je vais m'en occuper... »

***

Ils marchaient tous les deux le long du quai. Le Clinche s'était passé de l'eau fraîche sur le visage, qui restait marqué de plaques rouges. Les yeux étaient fiévreux, les lèvres colorées.

Il portait un complet gris de confection, à trois boutons, qu'il fermait sans souci d'élégance. Sa cravate était mal faite.

Maigret, les mains dans les poches, allait d'un air obstiné en grommelant comme pour lui-même :

« Vous devez comprendre que je n'ai pas le temps de vous faire de la morale... Une seule chose : votre fiancée est ici... C'est une brave petite, qui est accourue de Quimper et qui a remué ciel et terre... Ce n'est peut-être pas la peine de la désespérer...

— Elle sait ?...

— Il est inutile de lui parler de cette femme... »

Maigret ne cessait de l'observer. Ils atteignaient les quais. Les couleurs vives des barques de pêche éclataient dans le soleil. Les trottoirs étaient animés.

Or, tantôt Le Clinche semblait reprendre goût à la vie, regarder le décor avec espoir et tantôt ses prunelles se durcissaient, fixaient hargneusement gens et choses.

Il leur fallait passer tout près de l'*Océan,* dont c'était le dernier jour de déchargement. Il restait trois wagons en face du chalutier.

Sans insister, le commissaire murmura en désignant des points dans l'espace :

« Vous étiez là... Gaston Buzier ici... Et c'est à cette place qu'un troisième a étranglé le capitaine... »

Son compagnon respira profondément, détourna la tête.

« Seulement, il faisait noir et vous ne pouviez vous reconnaître les uns les autres... En tout cas, le troisième n'était ni le chef mécanicien ni le second officier, qui se trouvaient tous les deux avec les hommes au *Rendez-vous des Terre-Neuvas...* »

Le Breton, qui était sur le pont, aperçut le télégraphiste, alla se pencher à l'écoutille d'où trois marins sortirent pour regarder Le Clinche.

« Venez!... lui dit Maigret. Marie Léonnec nous attend...

— Je ne peux pas...

— Qu'est-ce que vous ne pouvez pas?...

— Aller là-bas... Je vous en supplie, laissez-moi!... Qu'est-ce que cela peut vous faire que je me détruise?... Surtout si cela doit être mieux pour tout le monde!...

— Le secret est si lourd, Le Clinche? »

L'autre se tut.

« Et vous ne pouvez vraiment rien dire, n'est-ce pas?... Si! une chose : est-ce que vous désirez encore Adèle?...

— Je la déteste!

— Je n'ai pas dit cela! J'ai dit désirer, comme vous l'avez désirée pendant toute la campagne... Nous sommes entre hommes... Vous avez eu beaucoup d'aventures, avant de connaître Marie Léonnec?...

— Non... des choses sans importance...

— Et jamais la passion, l'envie d'une femme au point d'en pleurer...

— Jamais..., soupira-t-il, en détournant la tête.

— Alors, c'est à bord que c'est arrivé... Il n'y avait qu'une femme, dans un décor rude, monotone... De la chair parfumée dans le chalutier empestant le poisson... Vous dites?...

— Rien...

— Vous avez oublié votre fiancée?

— Ce n'est pas la même chose... »

Maigret le regarda en face et fut stupéfait du changement qui venait de se produire. Son compagnon avait soudain un front buté, un regard fixe, la bouche amère. Et pourtant, malgré tout, il restait de la nostalgie, du rêve dans l'expression.

« Marie Léonnec est jolie... poursuivit Maigret qui suivait son idée.

— Oui...

— Et beaucoup plus distinguée qu'Adèle... En outre, elle vous aime... Elle est prête à tous les sacrifices pour...

— Mais taisez-vous donc! gronda le télégraphiste. Vous savez bien que... que...

— ... Que c'est autre chose!... Que Marie Léonnec est une jeune fille sage, qu'elle sera une épouse modèle, qu'elle soignera bien ses enfants, mais que... qu'il manquera toujours quelque chose, pas vrai?... Quelque chose de plus violent... Quelque chose que vous avez connu à bord, caché dans la cabine du capitaine, la peur vous serrant un peu la gorge, dans les bras d'Adèle... Quelque chose de vulgaire, de brutal... L'aventure... Et l'envie de mordre, de faire un geste définitif, de tuer ou de mourir... »

Le Clinche le regarda avec étonnement.

« Comment sa...

— Comment je sais?... Parce que cette aventure-là, chacun l'a vue passer au moins une fois dans sa vie... On pleure! On crie! On râle!... Puis, quinze jours après, en regardant Marie Léonnec, on se demande comment on a pu se laisser émouvoir par une Adèle... »

Tout en marchant, le jeune homme fixait l'eau miroitante du bassin. On y voyait s'étirer le reflet du liseron blanc, rouge ou vert des bateaux.

« La campagne est finie... Adèle est partie... Marie Léonnec est ici... »

Il y avait eu un moment de calme. Maigret continua :

« La crise a été dramatique, un homme est mort, parce que la passion était à bord et... »

Déjà Le Clinche était empoigné de nouveau par sa fièvre :

« Taisez-vous! Taisez-vous! répéta-t-il d'une voix sèche. Non!... Vous voyez bien que ce n'est pas possible... »

Il avait les yeux hagards. Il se retourna pour voir le chalutier qui, presque vide maintenant, était monstrueusement haut sur l'eau.

Ses terreurs le reprenaient.

« Je vous jure... Il faut me laisser...

— Le capitaine aussi, à bord, pendant toute la campagne, était angoissé, n'est-ce pas?...

— Que voulez-vous dire?...

— Et le chef mécanicien?...

— Non...

— Il n'y avait que vous deux!... C'était bien de la peur, Le Clinche?...

— Je ne sais pas... Laissez-moi, de grâce!...

— Adèle était dans la cabine... Trois hommes rôdaient... Et pourtant le capitaine ne voulait pas céder à son désir, restait des jours et des jours sans parler à sa maîtresse... Et vous, vous la regardiez à travers les hublots, mais, après une seule rencontre, vous ne l'avez plus touchée...

— Taisez-vous...

— Les hommes, dans les soutes, dans le poste, parlaient du mauvais œil et la campagne allait de mal en pis, de fausse manœuvre en accident... Un mousse à l'eau, deux hommes blessés, la morue avariée et l'entrée ratée dans le port... »

Ils tournaient l'angle du quai et la plage s'étalait devant eux, avec sa digue bien propre, ses hôtels, les cabines et les fauteuils multicolores sur les galets.

Dans une tache de soleil, on reconnaissait Mme Maigret, assise dans un fauteuil transatlantique, près de Marie Léonnec qui portait un chapeau blanc.

Le Clinche suivit le regard de son compagnon, s'arrêta net, les tempes moites.

Et le commissaire continuait :

« Il n'a pas suffi d'une femme... Venez!... Votre fiancée vous a vu... »

C'était vrai. Elle se levait. Elle restait un instant immobile, comme si l'émotion était trop forte. Et maintenant elle se précipitait le long de la digue, tandis que Mme Maigret déposait son ouvrage de couture et attendait.

7

EN FAMILLE

Ce fut de ces situations qui se créent d'elles-mêmes et dont il est difficile de se dégager. Marie Léonnec, seule à Fécamp, recommandée aux Maigret par un ami commun, prenait ses repas avec eux.

Or, voilà que son fiancé était là. Ils se trouvaient tous les quatre sur la plage au moment où la cloche de l'hôtel annonçait le déjeuner.

Il y eut une hésitation de la part de Pierre Le Clinche, qui regarda ses compagnons avec embarras.

« Allons!... On mettra un couvert de plus... », dit Maigret.

Et il prit le bras de sa femme pour traverser la digue. Le jeune couple suivit, silencieux. Ou plutôt Marie seule parlait, à voix basse, mais d'une façon catégorique.

« Tu sais ce qu'elle lui dit, toi? demanda le commissaire à sa femme.

— Oui! elle me l'a répété dix fois ce matin

pour savoir si c'était bien... Elle lui affirme qu'elle ne lui en veut en rien, *quoi qu'il se soit passé*... Tu comprends? elle ne parle pas de femme... Elle feint de ne pas savoir, mais elle m'a affirmé qu'elle appuierait quand même sur les mots *quoi qu'il se soit passé*... Pauvre petite!... Elle irait le chercher au bout du monde.

— Hélas! soupira Maigret.

— Que veux-tu dire?

— Rien... C'est notre table?... »

Le déjeuner fut calme, trop calme. Les tables étaient serrées les unes contre les autres, si bien qu'on ne pouvait guère parler à voix haute.

Maigret évitait d'observer Le Clinche, afin de le mettre à l'aise, mais l'attitude du télégraphiste n'était quand même pas sans l'inquiéter, comme elle inquiétait Marie Léonnec, qui avait un visage tout chiffonné.

Le jeune homme restait morne, accablé. Il mangeait. Il buvait. Il répondait aux questions. Mais sa pensée était ailleurs. Et plusieurs fois, en entendant des pas derrière lui, il sursauta comme s'il eût craint un danger.

Les baies de la salle à manger étaient larges ouvertes et l'on voyait la mer pailletée de soleil. Il faisait chaud. Le Clinche tournait le dos au paysage et il lui arrivait de se retourner brusquement, d'un mouvement nerveux, pour interroger l'horizon.

C'était Mme Maigret qui faisait les frais de la conversation, s'adressant surtout à la jeune fille, parlant de futilités, pour ne pas laisser peser le silence.

On était loin de tout drame. Décor d'hôtel de famille. Bruit rassurant d'assiettes et de verres. Une demi-bouteille de bordeaux sur la table et une bouteille d'eau minérale.

D'ailleurs, le gérant s'y méprit, s'approcha, au dessert, et demanda :

« Faudra-t-il faire préparer une chambre pour monsieur?... »

C'était Le Clinche qu'il regardait. Il avait flairé le fiancé. Et sans doute prenait-il les Maigret pour les parents de la jeune fille!

Deux ou trois fois le télégraphiste eut le même geste que le matin, pendant la confrontation. Un mouvement rapide de la main sur le front. Un mouvement très mou, très las.

« Que faisons-nous?... »

Les dîneurs se dispersaient. Les quatre personnages étaient debout sur la terrasse.

« Si l'on s'asseyait un moment?... » proposa Mme Maigret.

Leurs fauteuils-hamacs étaient là, dans les galets. Les Maigret s'installèrent.

Les jeunes gens restèrent un moment debout, embarrassés.

« Nous marchons un peu?... » risqua enfin Marie Léonnec avec un vague sourire à l'adresse de Mme Maigret.

Le commissaire allumait sa pipe, grommelait, une fois seul avec sa femme :

« Si, cette fois, je n'ai pas l'air du beau-père !...

— Ils ne savent que faire... Leur situation est délicate... remarqua sa femme qui les suivait des yeux. Regarde-les... Ils sont gênés... Je me trompe peut-être, mais je crois que Marie a plus de caractère que son fiancé... »

Il était piteux, en tout cas, à promener sa silhouette maigre à pas nonchalants sans s'occuper de sa compagne, sans rien dire, eût-on juré de loin. On sentait pourtant qu'elle y mettait de la bonne volonté, qu'elle bavardait pour l'étourdir, qu'elle essayait même de se montrer gaie.

Il y avait d'autres groupes sur la plage. Mais Le Clinche était le seul homme à n'avoir pas de pantalon blanc. Il était là en costume de ville, et faisait plus triste encore.

« Quel âge a-t-il? » demanda Mme Maigret.

Et son mari, renversé dans son fauteuil, les yeux mi-clos :

« Dix-neuf ans... Un gamin... Je crains bien que ce ne soit désormais un oiseau pour le chat...

— Pourquoi?... Il n'est pas innocent?...

— Il n'a probablement pas tué... Non!... J'en mettrais ma main au feu... Mais je crains bien qu'il soit perdu quand même... Regarde-le!... Regarde-la!...

— Bah! Qu'ils soient un moment seuls et ils s'embrasseront...

— Peut-être... »

Maigret était pessimiste.

« Elle est à peine plus âgée que lui... Elle l'aime bien... Elle est prête à devenir une gentille petite épouse...

— Pourquoi crois-tu que?...

— ... Que cela n'arrivera pas?... Une impression... As-tu déjà contemplé la photographie de personnes mortes jeunes?... J'ai toujours été frappé par le fait que ces portraits-là, faits pourtant alors que les gens étaient en bonne santé, ont déjà quelque chose de lugubre... On dirait que ceux qui sont destinés à être victimes d'un drame portent leur condamnation sur le visage...

— Et tu trouves que ce garçon?

— Est un triste, a toujours été un triste! Il est né pauvre! Il a souffert de sa pauvreté! Il a trimé tant qu'il a pu, avec acharnement, comme on nage contre un courant! Il est parvenu à se fiancer à une jeune fille charmante, d'une condition sociale supérieure à la sienne... Eh bien, je n'y crois pas... Regarde-les... Ils se débattent... Ils voudraient être optimistes... Ils essaient de croire à leur destinée... »

Maigret parlait doucement, d'une voix sourde en suivant des yeux les deux silhouettes qui se découpaient sur la mer scintillante.

« Qui est-ce qui dirige officiellement l'enquête?

— Girard, un commissaire de la Brigade du

Havre que tu ne connais pas. Un homme intelligent...

— Il le croit coupable?

— Non! Et en tout cas il n'y a aucune preuve, ni même aucune présomption sérieuse...

— Qu'est-ce que tu penses, toi? »

Maigret se retourna, comme pour apercevoir le chalutier que lui cachait un pâté de maisons.

« Je pense que ça a été une campagne tragique, pour deux hommes au moins... Assez tragique pour qu'au retour le capitaine Fallut *ne puisse plus vivre,* pour que le télégraphiste *ne puisse plus reprendre le fil normal de son existence...*

— A cause d'une femme? »

Il ne répondit pas directement à la question, poursuivit :

« Et tous les autres, ceux qui étaient en dehors du drame, jusqu'aux soutiers, en ont été marqués, à leur insu... Ils sont revenus hargneux, inquiets... Deux hommes et une femme, trois mois durant, se sont agités autour du rouf arrière... Quelques cloisons noires percées de hublots... Cela a suffi...

— Je t'ai rarement vu aussi impressionné par une affaire... Tu parles de trois personnages... Qu'est-ce qu'ils ont pu faire, en plein océan?...

— Oui... Qu'est-ce qu'ils ont pu faire?... Une chose qui a suffi à tuer le capitaine Fallut!... Et qui suffit encore maintenant à désemparer ces deux-là, qui ont l'air de chercher dans les galets les restes de leurs rêves... »

Ils se rapprochaient, les bras ballants, ne sachant si la politesse leur commandait de rejoindre les Maigret ou si la discrétion leur conseillait de s'éloigner.

Au cours de sa promenade, Marie Léonnec avait perdu beaucoup de son énergie. Elle lança à Mme Maigret un regard découragé. On devinait que toutes ses tentatives, tous ses élans s'étaient heurtés comme à un mur de désespoir ou d'inertie.

*
* *

Mme Maigret avait l'habitude de goûter. Si bien que vers quatre heures, ils s'installèrent tous les quatre à la terrasse de l'hôtel sous les parasols à rayures qui donnaient à l'atmosphère une gaieté conventionnelle.

Du chocolat fumait dans deux tasses. Maigret avait commandé de la bière, Le Clinche une fine à l'eau.

On parlait de Jorissen, l'instituteur de Quimper qui avait fait appel à Maigret en faveur du télégraphiste et qui avait amené Marie Léonnec. On échangeait des phrases banales.

« C'est le meilleur homme de la terre... »

On brodait sur ce thème, sans conviction, parce qu'il fallait parler. Soudain les yeux de Maigret clignotèrent, fixés sur un couple qui s'avançait le long de la digue.

C'étaient Adèle et Gaston Buzier, lui dégingandé, les mains dans les poches, le canotier rejeté en arrière, la démarche nonchalante, elle animée et provocante comme d'habitude.

« Pourvu qu'elle ne nous aperçoive pas! » songea le commissaire.

Et, au même instant, le regard d'Adèle croisait le sien. La fille s'arrêtait, disait quelque chose à son compagnon qui tentait de la dissuader.

Trop tard! Elle traversait la rue. Elle examinait une à une les tables de la terrasse, choisissait la plus proche des Maigret, s'installait de façon à avoir Marie Léonnec juste en face d'elle.

Son amant la suivit avec un haussement d'épaules, toucha le bord de son canotier en passant devant le commissaire, se mit à califourchon sur une chaise.

« Qu'est-ce que tu prends?

— Pas un chocolat, bien sûr!... Un kummel! »

N'était-ce pas déjà une déclaration de guerre? Tout en parlant du chocolat, elle fixait la tasse de la jeune fille et Maigret vit Marie Léonnec tressaillir.

Elle n'avait jamais vu Adèle. Mais n'avait-elle pas compris? Elle regarda Le Clinche, qui détourna la tête.

Le pied de Mme Maigret toucha à deux reprises celui de son mari.

« Si nous allions tous les quatre jusqu'au Casino... »

Elle avait deviné aussi. Mais personne ne lui répondait. Seule Adèle parlait, à la table voisine, soupirait :

« Quelle chaleur!... Prends ma jaquette, Gaston... »

Et elle retirait la jaquette de son tailleur, se montrait en soie rose, les chairs luxuriantes, les bras nus. Ses prunelles ne quittaient pas un seul instant la jeune fille.

« Tu aimes le gris, toi?... Tu ne trouves pas qu'on devrait interdire de porter des teintes aussi tristes sur les plages?... »

C'était idiot! Marie Léonnec était en gris. L'autre manifestait sa volonté d'attaquer, n'importe comment, au plus vite.

« Eh bien, garçon? Est-ce pour aujourd'hui? »

Elle avait la voix aiguë. Et l'on eût dit qu'elle exagérait encore à dessein sa vulgarité.

Gaston Buzier flairait le danger. Il connaissait sa maîtresse. Il lui dit quelques mots à voix basse. Mais elle, très haut, de répliquer :

« Et après? Est-ce que la terrasse n'est pas à tout le monde?... »

Mme Maigret était seule à leur tourner le dos. Maigret et le télégraphiste étaient de profil, Marie Léonnec de face.

« Tout le monde se vaut, pas vrai?... Seulement il y a des gens qui se traînent à vos pieds quand on ne peut pas les voir et qui ne vous saluent même pas quand ils sont en compagnie!... »

Et elle rit! Un rire déplaisant! Elle fixait la jeune fille qui était devenue pourpre!

« Cela fait combien, garçon? questionnait Buzier, pressé d'en finir.

— Nous avons le temps! Remettez la même chose, garçon! Et vous m'apporterez des cacahuètes...

— Il n'y en a pas.

— Vous irez m'en chercher. Vous êtes payé pour ça, je pense?... »

Deux autres tables étaient occupées. Les regards convergeaient vers le nouveau couple qui ne pouvait passer inaperçu. Maigret était soucieux. Sans doute avait-il envie de mettre fin à cette scène qui risquait de mal tourner?

Mais, d'autre part, il avait le télégraphiste devant lui, il le tenait tout palpitant sous son regard.

C'était passionnant comme une dissection. Le Clinche ne bougeait pas. Il n'était pas tourné vers la femme, mais il devait la voir quand même confusément à sa gauche, il devait apercevoir en tout cas la tache rose de son chemisier.

Ses prunelles étaient fixes, d'un gris terne. Et une main, posée sur la table, se fermait lentement, lentement comme les tentacules d'un animal marin.

On ne pouvait rien prévoir encore. Allait-il

se lever, s'enfuir?... Allait-il se précipiter vers celle qui parlait toujours?... Allait-il...

Non! Rien de tout cela! C'était autre chose, de cent fois plus impressionnant. Ce n'était pas seulement sa main qui se refermait. C'était tout son être. Il se ratatinait. Il se repliait sur lui-même.

Ses yeux devenaient du même gris que son teint.

Il ne bougeait pas. Respirait-il? Pas un frémissement. Pas une crispation. Mais cette immobilité de plus en plus complète qui devenait hallucinante.

« Cela me rappelle un autre amant, qui était marié et qui avait trois enfants... »

Marie Léonnec qui, elle, était pantelante, but son chocolat d'une haleine pour se donner une contenance.

« ... C'était l'homme le plus passionné de la terre... Des fois, je refusais de le recevoir et il sanglotait sur le palier, au point que tous les locataires se payaient une pinte de bon sang... « Ma petite Adèle, ma mignonne adorée... » ... Toute la lyre, quoi!... Un dimanche, je le rencontre qui se promenait avec sa femme et ses gosses. J'entends sa femme qui questionne :

« — Qu'est-ce que c'est que cette femme-là?...

« Et lui, gravement :

« — Sûrement une poule!... Rien qu'à la façon ridicule dont elle s'habille... »

Et elle riait. Elle posait pour la galerie. Elle guettait l'effet de son attitude sur les visages.

« Il y a quand même des gens qui n'ont pas beaucoup de nerfs... »

Son compagnon essaya de nouveau de la faire taire, en lui parlant à voix basse.

« Et puis zut, toi!... Est-ce que tu aurais les foies?... Je paie mes consommations, pas vrai?... Je ne fais de mal à personne!... Par conséquent, on n'a rien à me dire... Et ces cacahuètes, garçon?... Vous apporterez encore un kummel...

— Si nous allions... », dit Mme Maigret.

Il était trop tard. Adèle était lancée. On sentait qu'en cas de départ elle ferait n'importe quoi pour provoquer le scandale, coûte que coûte.

Marie Léonnec regardait fixement la table, les oreilles pourpres, les yeux brillants, la bouche entrouverte par l'angoisse.

Quant à Le Clinche, il avait fermé les paupières. Et il restait là, aveugle, les traits figés. Sa main était toujours sur la table, inerte.

Jamais encore Maigret n'avait eu l'occasion de le détailler de la sorte. Le visage était à la fois très jeune et très vieux, comme il arrive souvent chez les adolescents qui ont eu une enfance pénible.

Le Clinche était grand, plus grand que la moyenne, mais les épaules n'étaient pas encore celles d'un homme.

La peau, trop peu soignée, était piquetée de taches de rousseur. Il ne s'était pas rasé ce jour-là, ce qui mettait des reflets blonds sur le menton et sur les joues.

Il n'était pas beau. Il n'avait pas dû rire souvent dans sa vie. Par contre, il avait beaucoup veillé, beaucoup lu, beaucoup écrit, dans des chambres sans feu, dans sa cabine cahotée par l'Océan, à la lueur de mauvaises lampes.

« Moi, au fond, ce qui me dégoûte, c'est de voir que les gens qui la font à l'honnêteté ne valent pas mieux que nous... »

Adèle s'impatientait. Elle était prête à lancer n'importe quoi pour arriver à ses fins.

« Les jeunes filles, par exemple, qui jouent les oies blanches et qui vous courent après un homme comme aucune grue n'oserait le faire... »

Le patron de l'hôtel, du seuil, avait l'air d'interroger ses clients du regard, comme pour savoir s'il devait intervenir.

Maigret ne voyait plus que Le Clinche, en gros plan. La tête s'était un peu penchée en avant. Les yeux ne s'étaient pas ouverts.

Mais des larmes giclaient une à une des paupières closes, écartaient les cils, hésitaient, zigzaguaient sur les joues.

Ce n'était pas la première fois que le commissaire voyait pleurer un homme. C'était la première fois qu'il était empoigné à ce point, peut-être à cause du silence, de l'immobilité de tout le corps.

Il n'y avait que ces perles fluides à vivre

chez le télégraphiste. Tout le reste était mort.

Marie Léonnec n'avait rien vu. Adèle allait continuer à parler.

Alors, une seconde plus tard, Maigret eut une intuition. La main posée sur la table venait de se desserrer insensiblement. L'autre était dans la poche.

Les paupières s'entrouvrirent, d'un millimètre à peine, de quoi laisser filtrer une parcelle de regard. C'était Marie que ce regard allait chercher.

A l'instant même où le commissaire se levait une détonation éclatait, tout le monde s'agitait à la fois dans un vacarme de cris et de chaises remuées.

*
* *

Le Clinche ne bougea pas tout de suite. Seulement son buste pencha insensiblement vers la gauche, sa bouche s'ouvrit dans un râle léger.

Marie Léonnec, qui avait eu de la peine à comprendre, car on n'avait pas vu d'arme, se jetait sur lui, lui serrait les genoux, la main droite, se retournait, affolée.

« Commissaire!... Qu'est-ce que?... »

Maigret seul avait tout deviné. Le Clinche avait un revolver dans sa poche, un revolver trouvé Dieu sait où, car il n'en possédait pas le matin à sa sortie de prison.

Et c'était de sa poche qu'il avait tiré! C'était la crosse qu'il étreignait pendant de longues minutes tandis qu'Adèle parlait, tandis qu'il fermait les yeux, qu'il attendait, qu'il hésitait peut-être.

La balle avait dû l'atteindre au ventre ou au côté. On voyait le veston brûlé, déchiqueté à hauteur de la hanche.

« Un docteur!... La police!... » criait-on quelque part.

Un docteur, il en arriva un, en maillot de bain, car il était sur la plage à cent mètres à peine de l'hôtel.

Au moment où Le Clinche allait tomber, on l'avait soutenu. On le portait dans la salle à manger. Marie suivait le cortège, comme une folle.

Maigret n'avait pas eu le temps de s'occuper d'Adèle ni de son amant. Au moment où il pénétrait dans le café, il l'aperçut soudain, livide, vidant un grand verre contre lequel ses dents claquaient.

Elle s'était servie elle-même. Elle avait encore la bouteille à la main. Elle remplit le verre une seconde fois...

Le commissaire ne s'en inquiéta pas davantage, mais il garda l'image de ce visage blême au-dessus du corsage rose et surtout de ces dents qui cliquetaient sur le cristal.

Il n'aperçut pas Gaston Buzier. On fermait la porte de la salle à manger.

« Ne restez pas ici... disait le patron à ses

clients. Du calme!... Le docteur désire qu'on ne fasse pas trop de bruit. »

Maigret poussa l'huis, trouva le médecin agenouillé. Mme Maigret retenait la jeune fille frénétique qui voulait absolument se précipiter vers le blessé.

« Police..., souffla le commissaire au médecin.

— Vous ne pourriez pas faire sortir ces dames?... Il faudrait le déshabiller et...

— Oui...

— J'aurais besoin de deux personnes pour m'aider... On devrait déjà téléphoner pour une ambulance... »

Il était toujours en maillot de bain.

« Grave?...

— Je ne peux rien dire avant d'avoir sondé la plaie... Et vous vous rendez compte... »

Oui! Maigret se rendait compte, en voyant cette chose atroce, chairs et vêtements mélangés...

Sur les tables, les couverts étaient dressés pour le dîner. Mme Maigret sortait, entraînant Marie Léonnec. Un jeune homme en pantalon de flanelle disait timidement :

« Si vous permettez que je vous aide... Je suis élève en pharmacie... »

Un rayon de soleil oblique, tout rouge, frappait une vitre et c'était si aveuglant que Maigret alla fermer la persienne.

« Voulez-vous lui soulever les jambes?... »

Il se souvenait de ce qu'il avait dit à sa femme, l'après-midi, paresseusement installé dans un fauteuil-hamac, en suivant des yeux la silhouette dégingandée qui, près de la silhouette plus petite et plus vive de Marie Léonnec, évoluait le long de la plage.

« Un oiseau pour le chat... »

Le capitaine Fallut était mort tout de suite en arrivant. Pierre Le Clinche, lui, s'était débattu, longtemps, farouchement, peut-être encore quand il avait les yeux clos, une main sur la table, une autre dans la poche, et qu'Adèle parlait, parlait pour la galerie.

8

LE MARIN IVRE

IL était un peu moins de minuit quand Maigret sortit de l'hôpital. Il avait attendu de voir le brancard sortir de la salle d'opérations porteur d'une grande forme blanche.

Le chirurgien se lavait les mains. Une infirmière rangeait les instruments.

« On essaiera de le sauver! répondit-on au commissaire. L'intestin est perforé en sept endroits. Ce qu'on peut appeler une sale blessure! Nous avons mis de l'ordre dans tout ça... »

Et il désignait des baquets pleins de sang, de coton, des désinfectants.

« Je vous jure qu'il y avait un sacré travail dessus... »

Ils étaient tous d'excellente humeur, médecins, aides et infirmières. On leur avait apporté un blessé aussi mal en point que possible, crasseux, le ventre ouvert et brûlé tout ensemble, avec des lambeaux de vêtements incrustés dans les chairs.

Or, c'était un corps tout propre que le brancard venait d'emmener. Et le ventre était soigneusement recousu.

Le reste viendrait après. Peut-être Le Clinche reprendrait-il ses sens, peut-être pas? A l'hôpital, on ne cherchait pas à savoir qui il était.

« Il a vraiment des chances de s'en tirer?

— Pourquoi pas? On a vu plus vilain que ça pendant la guerre... »

Maigret avait téléphoné aussitôt à l'hôtel de la Plage, afin de rassurer Marie Léonnec. Maintenant il s'en allait, tout seul. La porte de l'hôpital se refermait derrière lui avec un bruit d'instrument bien graissé. C'était la nuit, une rue déserte, des petites maisons bourgeoises.

Il n'avait pas fait dix pas qu'une forme se détachait du mur, que le visage d'Adèle se montrait dans la clarté d'un réverbère, que sa voix hargneuse questionnait :

« Il est mort?... »

Elle avait dû attendre des heures. Ses traits étaient tirés et les accroche-cœur de ses tempes avaient perdu leur courbe.

« Pas encore! répondit Maigret sur le même ton.

— Il va mourir?...

— Peut-être que oui... peut-être que non...

— Vous croyez que je l'ai fait exprès?

— Je ne crois rien du tout...

— ... Parce que ce n'est pas vrai... »

Le commissaire marchait toujours. Elle le suivait et pour cela elle devait marcher très vite.

« Au fond, avouez que c'est sa faute... »

Maigret feignait de ne même pas l'écouter, mais elle s'obstinait, têtue.

« Vous savez très bien ce que je veux dire... A bord, c'est tout juste s'il ne parlait pas de m'épouser... Puis, une fois à terre... »

Elle ne se décourageait pas. Elle semblait poussée par un besoin impérieux de parler.

« Si vous croyez que je suis une mauvaise fille, c'est que vous ne me connaissez pas... Seulement, il y a des instants... Écoutez-moi, monsieur le commissaire... Il faut quand même que vous me disiez la vérité... Je sais ce que c'est une balle... Surtout à bout portant, dans le ventre... On lui a fait la laparotomie, n'est-ce pas?... »

On sentait qu'elle avait traîné les hôpitaux, entendu parler les médecins, fréquenté des gens qui n'en étaient pas à leur premier coup de revolver.

« Est-ce que l'opération a réussi?... Il paraît que cela dépend du repas que l'on a fait avant... »

Ce n'était pas de l'angoisse violente. C'était une âpre obstination que rien ne rebutait.

« Vous ne voulez pas me répondre?... Et pourtant vous avez bien compris, vous, pourquoi je rageais comme ça tout à l'heure... Gaston, c'est un voyou, et je ne l'ai jamais aimé... Tandis que l'autre...

— Il est possible qu'il vive! articula Maigret en regardant la fille dans les yeux. Mais, si le drame de l'*Océan* n'est pas éclairci, cela n'en vaudra pas mieux... »

Il attendait un mot, un tressaillement. Elle baissa la tête.

« Naturellement, vous croyez que je sais... Du moment que les deux hommes étaient mes amants... Et pourtant, je vous jure... Non! Vous ne connaissez pas le capitaine Fallut... Alors, vous ne pouvez pas comprendre... Il était amoureux, bien sûr. Il venait me voir au Havre... Et une passion comme ça, à son âge, lui tapait un peu sur le cerveau... Mais cela ne l'empêchait pas d'être un homme minutieux en tout, très maître de lui, maniaque à force d'aimer l'ordre... Je me demande encore comment il a accepté que je me cache à bord... Mais, ce que je sais, c'est qu'à peine au large il le regrettait et qu'à force de le regretter il s'est mis à me détester... Son caractère a tout de suite changé...

— Pourtant le télégraphiste ne vous avait pas encore vue!

— Non! Ce n'est que la quatrième nuit, je vous l'ai déjà dit...

— Vous êtes sûre que Fallut était déjà d'humeur bizarre avant cela?

— Pas autant, peut-être! Après, il y a eu des jours où c'était hallucinant, où je me demandais s'il n'était pas vraiment fou...

— Et vous n'avez pas la moindre idée de la raison de cette attitude?...

— Non!... J'y ai pensé... Des fois je me disais qu'il y avait un secret entre lui et le télégraphiste... J'ai même pensé qu'on faisait de la contrebande... Ah! on ne m'y reprendra pas à m'embarquer sur un bateau de pêche!... Pensez que cela a duré trois mois... Pour finir comme ça!... Un qui est tué à l'arrivée... L'autre qui... C'est vrai qu'il n'est pas mort, n'est-ce pas?... »

Ils avaient atteint les quais et la jeune femme hésitait à avancer.

« Où est Gaston Buzier?

— A l'hôtel... Il sait bien que ce n'est pas le moment de m'ennuyer et que je le plaquerais pour un oui ou pour un non.

— Vous allez le rejoindre? »

Elle haussa les épaules dans un geste qui signifiait :

« Pourquoi pas? »

Elle eut pourtant une sorte de retour de coquetterie. Au moment de quitter Maigret, elle murmura avec un sourire maladroit :

« Je vous remercie, monsieur le commissaire... Vous avez été bon pour moi... Je... »

Elle n'osait pas aller jusqu'au bout. C'était une invitation, une promesse.

« Ça va! Ça va! » grommela-t-il en s'éloignant.

Et il poussa la porte du *Rendez-vous des Terre-Neuvas*.

***

A l'instant où il mettait la main sur le bec-de-cane, on entendait nettement une rumeur à l'intérieur du café, comme si une douzaine d'hommes parlaient à la fois.

L'huis ouvert, ce fut d'un seul coup, sans

transition, le silence le plus absolu. Et pourtant ils étaient plus de dix dans la salle, en deux ou trois groupes qui devaient auparavant s'interpeller de table à table.

Le patron vint au-devant de Maigret à qui il serra la main, non sans une certaine gêne.

« C'est vrai, ce que l'on raconte?... Le Clinche s'est tiré une balle de revolver?... »

Les consommateurs buvaient, par contenance. Il y avait là P'tit Louis, le nègre, le Breton, le chef mécanicien du chalutier, quelques autres encore, que le commissaire avait fini par connaître de vue.

« C'est vrai! » fit Maigret.

Et il remarqua que le chef mécanicien s'agitait, soudain mal à l'aise, sur la banquette de moleskine.

« Une fameuse campagne! » grogna quelqu'un dans un coin, avec un accent normand très prononcé.

Et ces mots-là devaient assez bien traduire l'opinion générale, car des têtes se baissèrent, un poing frappa une table de marbre tandis qu'une voix faisait écho :

« Une campagne de malheur, oui!... »

Mais Léon toussa pour rappeler ses clients à la prudence, leur désigna un marin en vareuse rouge qui buvait tout seul dans un coin.

Maigret alla s'asseoir près du comptoir, commanda une fine à l'eau.

On ne parlait plus. Chacun cherchait une contenance. Et Léon, en metteur en scène habile, proposait au groupe le plus important : « Vous voulez les dominos?... »

C'était un moyen de faire du bruit, d'occuper les mains. Les dominos à dos noir furent mélangés sur le marbre de la table. Le patron s'asseyait près du commissaire.

« Je les ai fait taire, souffla-t-il, parce que le type qui est dans le coin à gauche, près de la fenêtre, est le père du gosse... Vous comprenez?...

— Quel gosse?...

— Le mousse... Jean-Marie... Celui qui est passé par-dessus bord, le troisième jour... »

L'homme tendait l'oreille. S'il n'avait pas entendu les mots, il avait compris qu'il était question de lui. Il fit signe à la fille de salle de lui remplir son verre et le vida d'un trait, avec un sursaut de dégoût.

Il était déjà ivre. Ses yeux à fleur de tête, d'un bleu clair, étaient glauques. Une chique de tabac gonflait sa joue gauche.

« Il fait Terre-Neuve aussi?...

— Il l'a fait, autrefois... Maintenant qu'il a sept enfants, il fait le hareng, l'hiver, car les campagnes sont moins longues : un mois d'abord, puis toujours moins à mesure que le poisson descend vers le sud...

— Et l'été?

— Il pêche pour son compte, pose des tramails, des casiers à homard... »

L'homme était sur la même banquette que

Maigret, à l'autre bout. Mais le commissaire l'observait dans une glace.

Il était court, large d'épaules. C'était le type même du marin du Nord, trapu, grassouillet, sans cou, la chair rose, le poil blond. Comme la plupart des pêcheurs, il avait les mains couvertes de cicatrices de furoncles.

« Il boit toujours autant?

— Ils boivent tous... Mais c'est surtout depuis que le gosse est mort qu'il s'enivre... Ça lui a donné un fameux coup de revoir l'*Océan*... »

Maintenant l'homme les regardait d'un air effronté.

« Qu'est-ce que vous me voulez? bégaya-t-il à l'adresse de Maigret.

— Rien du tout... »

Tous les matelots suivaient la scène, sans cesser leur partie de dominos.

« ... Parce qu'il faudrait le dire!... J'ai pas le droit de boire, peut-être?...

— Mais si!

— Dites que je n'ai pas le droit de boire... » répéta-t-il avec une obstination d'ivrogne.

Le regard du commissaire tomba sur le brassard noir qu'il portait sur sa vareuse rouge.

« Alors, qu'est-ce que vous avez à rôder et à parler de moi tous les deux?... »

Léon fit signe à Maigret de ne pas répondre, se dirigea vers son client.

« Allons! Fais pas de scandale, Canut... C'est pas de toi que parle monsieur le commissaire, mais du gars qui s'est tiré une balle dans la peau...

— C'est bien fait pour lui!... Est-ce qu'il est mort?...

— Non!... Peut-être qu'on le sauvera...

— Tant pis! Ils devraient tous crever!... »

Ces mots firent une forte impression. Tous les visages se tournèrent vers Canut. Et celui-ci éprouva le besoin de crier plus fort :

« Oui, tous, tant que vous êtes!... »

Léon était inquiet. Il regardait tout le monde avec deux yeux suppliants, esquissait à l'adresse de Maigret un geste d'impuissance.

« Allons! va te coucher... Ta femme t'attend...

— M'en fous!...

— Demain, tu n'auras pas encore le courage d'aller lever tes tramails... »

L'ivrogne ricana. P'tit Louis en profita pour appeler Julie.

« Ça fait combien?

— Les deux tournées?

— Oui, tu les mettras à mon compte... C'est demain que je touche mon avance, avant de partir... »

Il se leva, imité automatiquement par le Breton qui ne le quittait pas d'une semelle. Il toucha sa casquette. Il le fit une fois de plus dans la direction de Maigret.

« Des lâches! grogna l'ivrogne tandis que les deux hommes passaient devant lui. Tous des lâches... »

Le Breton serra les poings, faillit répondre, mais P'tit Louis l'entraîna.

« Va te coucher... répétait Léon. D'ailleurs, on va fermer...

— Je m'en irai quand tout le monde s'en ira... Je vaux autant qu'un autre, pas vrai?... »

Et il cherchait Maigret du regard. On eût dit qu'il voulait provoquer une discussion.

« C'est comme ce gros-là... Qu'est-ce qu'il veut y comprendre?... »

C'était du commissaire qu'il parlait. Léon était sur des charbons ardents. Les derniers consommateurs attendaient, sûrs qu'il allait se passer quelque chose.

« Tiens! j'aime encore mieux m'en aller... Qu'est-ce que je dois?... »

Il fouilla sous sa vareuse, d'où il tira une pochette de cuir, jeta des coupures graisseuses sur la table, se leva, vacilla, gagna la porte qu'il eut de la peine à ouvrir.

Il grommelait des choses indistinctes, des injures ou des menaces. Dehors, il colla d'abord son visage à la vitre, pour regarder Maigret une dernière fois, et son nez s'épatait sur la glace embuée.

« Ça lui a porté un coup... soupira Léon en reprenant sa place. Il n'avait qu'un fils... Tous ses autres gosses sont des filles... Autant dire que ça ne compte pas...

— Qu'est-ce qu'on raconte ici? questionna Maigret.

— Du télégraphiste?... Ils ne savent pas...

Alors ils inventent... Des histoires à dormir debout...

— Quoi?

— Je ne sais pas... Toujours le *mauvais œil...* »

Maigret sentit un regard vif fixé sur lui. C'était celui du chef mécanicien, assis juste à la table d'en face.

« Votre femme n'est plus jalouse? lui demanda-t-il.

— Du moment qu'on part demain, je voudrais bien voir qu'elle me bouclerait à Yport!...

— L'*Océan* appareille demain?

— Avec la marée, oui! Si vous croyez que les armateurs vont le laisser moisir dans le bassin...

— Ils ont trouvé un capitaine?

— Un retraité, qui n'a plus navigué depuis huit ans! Et encore! Il commandait un trois-mâts barque!... Ce sera joli...

— Et le télégraphiste?

— Un gamin qu'on est allé chercher à l'école... Aux Arts et Métiers, qu'ils appellent ça...

— Le second officier est revenu?

— On l'a rappelé par télégraphe... Il arrivera demain matin...

— Les hommes?...

— Toujours la même chose! On ramasse ce qui traîne dans le port... C'est toujours bon, n'est-ce pas?...

— On a trouvé un mousse?... »

L'autre lui lança un regard aigu.

« Oui! laissa-t-il tomber sèchement.

— Et vous êtes content de partir? »

Pas de réponse. Le chef mécanicien commanda un nouveau grog. Et Léon dit à mi-voix :

« On vient de recevoir des nouvelles du *Pacific,* qui devait rentrer cette semaine... C'est un bateau de la même série que l'*Océan*... Il s'est englouti en moins de trois minutes, après s'être éventré sur une roche... Tous les hommes sont perdus. J'ai là-haut la femme du second officier, qui est arrivée de Rouen pour attendre son mari... Elle passe ses journées sur la jetée... Elle ne sait encore rien... La compagnie attend confirmation pour annoncer la nouvelle...

— C'est la série! » grommela le chef mécanicien qui avait entendu.

Le nègre bâillait, se frottait les yeux, mais ne songeait pas à s'en aller. Les dominos abandonnés formaient un dessin compliqué sur le rectangle gris de la table.

« En somme, dit lentement Maigret, personne ne sait pourquoi le télégraphiste a tenté de se tuer? »

Ces mots ne rencontrèrent qu'un silence obstiné. Est-ce que tous ces hommes savaient? Est-ce qu'ils poussaient à ce point cette sorte de franc-maçonnerie des gens de mer, qui n'aiment pas voir les terriens s'occuper de leurs affaires?

« Qu'est-ce que je vous dois, Julie? »

Il se leva, paya, gagna lourdement la porte. Dix regards le suivaient. Il se retourna mais ne rencontra que des visages hermétiques ou hargneux. Léon lui-même, malgré toute sa bonne volonté de bistrot, faisait corps avec ses clients.

La marée était basse. Du chalutier, on ne voyait que la cheminée et les mâts de charge. Les wagons avaient disparu. Le quai était désert.

Une barque de pêche, son feu blanc balancé au bout du mât, s'éloignait lentement vers les jetées et l'on entendait deux hommes qui parlaient.

Maigret bourra une dernière pipe, regarda la ville, les tours de la Bénédictine au pied desquelles les murs sombres étaient ceux de l'hôpital.

Les fenêtres du *Rendez-vous des Terre-Neuvas* trouaient le quai de deux rectangles lumineux.

La mer était calme. On n'entendait qu'un faible murmure d'eau vive léchant les galets et les pilotis des jetées.

Le commissaire était tout au bord du quai. D'épaisses aussières, celles-là mêmes qui retenaient l'*Océan,* étaient lovées autour des bittes de bronze.

Il se pencha. Des hommes fermaient les panneaux des cales où, pendant la journée, on avait emmagasiné le sel. Il y en avait un tout jeune, plus jeune que Le Clinche, en costume de ville, qui regardait travailler les marins, accoudé à la cabine de télégraphiste.

Ce devait être le successeur de celui qui, tout à l'heure, s'était tiré une balle dans le ventre. Il fumait une cigarette, à petites bouffées nerveuses.

Il arrivait de Paris, de l'École. Il était ému. Peut-être faisait-il des rêves d'aventures.

Maigret ne parvenait pas à s'en aller. Il était retenu par le sentiment que le mystère était tout près, à sa portée, qu'il n'y avait plus qu'un effort à faire...

Soudain, il se retourna, parce qu'il sentait une présence étrangère derrière lui. Dans l'obscurité, il aperçut une vareuse rouge, un brassard noir.

L'homme ne l'avait pas vu, ou bien n'avait pas fait attention à lui. Il marchait jusqu'à l'extrême bord du quai et c'était miracle que, dans son état, il ne tombât pas dans le vide.

Le commissaire ne le voyait plus que de dos. Il avait l'impression que, pris de vertige, l'ivrogne allait se jeter sur le pont du chalutier.

Mais non! Il parlait tout seul. Il ricanait. Il tendait le poing.

Puis il crachait, une fois, deux fois, trois fois sur le navire. Il crachait pour exprimer tout son dégoût.

Après quoi, soulagé sans doute, il s'en allait, non vers sa maison qui se trouvait dans le quartier des pêcheurs, mais vers la basse ville où l'on devinait un bouge encore éclairé.

9

DEUX HOMMES SUR LE PONT

IL y eut une note grêle, du côté de la falaise : l'horloge de la Bénédictine qui sonnait une heure.

Maigret marchait vers l'hôtel de la Plage, les mains derrière le dos, mais, à mesure qu'il avançait, son pas devenait plus lent et il finit par s'arrêter tout à fait, au beau milieu du quai.

Devant c'était l'hôtel, sa chambre, son lit, un ensemble paisible et rassurant.

Derrière... Il se retourna. Il revit la cheminée du chalutier qui fumait doucement, car on avait allumé les feux. Fécamp était endormi. Il y avait une grande flaque de lune au milieu du bassin. La brise se levait, arrivait du large, presque glacée, comme l'haleine de la mer.

Alors Maigret fit demi-tour, lourdement, à regret. Il enjamba de nouveau des cordages lovés aux bittes, se retrouva debout au bord du quai, les yeux braqués sur l'*Océan*.

Ses yeux étaient tout petits, sa bouche menaçante, ses poings au fond des poches.

C'était le Maigret solitaire, mécontent, replié

sur lui-même qui s'obstine, sans souci du ridicule.

La marée était basse. Le pont du chalutier était à quatre ou cinq mètres en dessous du niveau du sol. Mais une planche avait été jetée du quai à la passerelle de commandement. Une planche mince, étroite.

Le bruit du ressac devenait plus distinct. Le flux devait commencer, tandis que l'eau blanchâtre rongeait peu à peu les galets de la plage.

Maigret s'engagea sur la planche qui forma un arc de cercle quand il pesa en son milieu. Ses semelles crissèrent sur la passerelle de fer. Mais il n'alla pas plus loin. Il se laissa tomber sur le banc de quart, face à la roue du gouvernail, au compas duquel pendaient les grosses mitaines de mer du capitaine Fallut.

Ainsi des chiens viennent se camper, maussades, obstinés, devant un terrier où ils ont flairé quelque chose.

La lettre de Jorissen, son amitié pour Le Clinche, les démarches de Marie Léonnec n'étaient plus en cause. C'était maintenant une affaire personnelle.

Maigret avait recréé, pour lui, le capitaine Fallut. Il avait fait la connaissance du télégraphiste, d'Adèle, du chef mécanicien. Il s'était ingénié à sentir la vie du chalutier tout entier.

Et voilà que cela ne suffisait pas, que quelque chose lui échappait, qu'il avait l'impression de tout comprendre sauf, précisément, l'essence même du drame.

Fécamp dormait. A bord, les marins s'étaient couchés. Le commissaire pesait de tout son poids sur le banc de quart, le dos rond, les genoux un peu écartés, les coudes sur les genoux.

Et son regard cueillait par-ci par-là un détail : les gants, par exemple, énormes, déformés, que Fallut ne devait mettre que pendant les heures de veille et qu'il laissait ici...

En se tournant à demi, on apercevait le château d'arrière. Devant, on voyait le pont tout entier, le gaillard d'avant et, tout près, la cabine de T.S.F.

L'eau clapotait. La vapeur s'animait d'un mouvement insensible. Et, maintenant que les feux étaient allumés, que l'eau remplissait les chaudières, le bateau était plus vivant que les jours précédents.

N'était-ce pas P'tit Louis qui dormait, en bas, près des tas de charbon?

A droite, le phare. Au bout d'une jetée, un feu vert; un rouge à la pointe de l'autre. Et la mer : un grand trou noir qui exhalait une odeur forte.

Ce n'était pas à proprement parler un effort de réflexion. Maigret regardait tout ça lentement, pesamment, en essayant de faire vivre le décor, de le sentir. Et peu à peu, il créait en lui comme un état de fièvre.

« C'était une nuit pareille, plus froide parce que le printemps commençait à peine... »

Le chalutier à la même place. Un filet de

fumée au-dessus de la cheminée. Quelques hommes endormis.

Pierre Le Clinche qui, à Quimper, avait dîné chez sa fiancée. Atmosphère familiale. Marie Léonnec avait dû le reconduire jusqu'à la porte pour l'embrasser sans témoin.

Et il avait roulé toute la nuit, en troisième classe... Il reviendrait dans trois mois... Il la reverrait... Puis une nouvelle campagne et, l'hiver, aux alentours de Noël, le mariage...

Il n'avait pas dormi... Sa cantine était dans le filet... Elle contenait des provisions préparées par la maman...

A la même heure, le capitaine Fallut sortait de la petite maison de la rue d'Étretat, où Mme Bernard dormait.

Un capitaine Fallut bien nerveux, sans doute, et bien inquiet, bourrelé par avance de remords. Est-ce qu'il n'était pas convenu tacitement qu'un jour il épouserait sa logeuse?

Or, tout l'hiver, il était allé au Havre, jusqu'à plusieurs fois par semaine, pour y retrouver une femme! Une femme qu'il n'osait pas montrer à Fécamp! Une femme qu'il entretenait! Une femme qui était jeune, jolie, désirable, mais à qui sa vulgarité donnait quelque chose d'inquiétant.

Un homme sage, ordonné, méticuleux. Un modèle de probité, que les armateurs citaient en exemple et dont les papiers de bord constituaient de véritables chefs-d'œuvre de minutie!

Or, il allait, tout seul dans les rues endormies,

vers la gare où Adèle débarquait. Peut-être hésitait-il encore?

Mais trois mois! Est-ce qu'il la retrouverait au retour? N'était-elle pas trop vivante, trop avide de vie pour ne pas le tromper?...

C'était une autre femme que Mme Bernard! Elle ne passait pas son temps à arranger sa maison, à astiquer des cuivres et des parquets, à échafauder des projets d'avenir...

Non! Une femme, celle-ci, dont il gardait sur la rétine des images qui le faisaient rougir, haleter.

Elle était là! Elle riait, de son rire pointu, presque aussi sensuel que sa chair! Cela l'amusait de naviguer, d'être cachée à bord, de vivre une aventure.

Mais ne devait-il pas l'avertir que l'aventure ne serait pas drôle? qu'au contraire ce voyage de trois mois dans une cabine close serait mortel?...

Il se le promettait. Il n'osait pas! Quand elle était là, quand elle riait, en gonflant sa poitrine, il ne pouvait plus rien dire de sensé.

« Tu vas m'embarquer en cachette, cette nuit?... »

Ils marchaient. Dans les cafés, et au *Rendez-vous des Terre-Neuvas,* les pêcheurs faisaient la bombe avec l'avance qu'ils avaient touchée l'après-midi même.

Et le capitaine Fallut, menu, propret, pâlissait à mesure qu'il approchait du port, de son bateau... Il apercevait la cheminée... Sa gorge était sèche... N'était-il pas encore temps?...

Mais Adèle était suspendue à son bras. Il la sentait, toute chaude, frémissante, contre son flanc.

***

Et Maigret, tourné vers le quai où il n'y avait personne, les imaginait tous les deux...

« C'est cela, ton navire?... Ce qu'il peut sentir mauvais... Et il faut passer sur cette planche?... »

Ils la franchissaient. Le capitaine Fallut, anxieux, recommandait le silence.

« C'est avec cette roue qu'on dirige le bateau?...

— Chut... »

Ils descendaient l'escalier de fer. Ils étaient sur le pont. Ils pénétraient dans la cabine du capitaine. La porte se refermait.

« Oui! c'est ainsi! grommela Maigret. Ils sont là, tous les deux. C'est la première nuit à bord... »

Il eût voulu arracher le rideau de la nuit, découvrir le ciel blême du petit jour, apercevoir les silhouettes de matelots titubant, lourds d'alcool, pour rallier le chalutier...

Le chef mécanicien arrivait d'Yport, par le premier train du matin. Le second officier venait de Paris. Le Clinche, de Quimper.

Les hommes s'agitaient sur le pont, se disputaient les couchettes dans le gaillard d'avant, riaient, changeaient de vêtements et réapparaissaient roidis dans les cirés.

Il y avait un gosse, le mousse Jean-Marie, que son père avait amené par la main et que les marins bousculaient en se moquant de ses bottes trop grandes, de ses yeux prêts à s'emplir de larmes...

Le capitaine était toujours chez lui. Sa cabine s'ouvrait enfin. Il en refermait la porte avec soin. Il était tout sec, tout pâle, les traits pointus.

« C'est vous le télégraphiste?... Bien! je vous donnerai des instructions tout à l'heure... En attendant, visitez le poste de T.S.F... »

Des heures passaient. L'armateur était sur le quai. Des femmes et des mères apportaient encore des colis pour ceux qui partaient.

Fallut tremblait, à cause de cette cabine dont il ne fallait à aucun prix ouvrir la porte car Adèle, débraillée, bouche entrouverte, dormait en travers du lit.

Un peu de cet écœurement du petit matin, non seulement chez Fallut, mais chez ceux qui avaient fait le tour des bistrots de la ville et chez ceux qui avaient voyagé en chemin de fer.

Un à un, ils gagnaient le *Rendez-vous des Terre-Neuvas,* avalaient des cafés arrosés.

« A la revoyure!... Si l'on revient!... »

Un grand coup de sirène. Puis deux autres. Les femmes et les gosses, après une dernière étreinte, se précipitant vers la jetée. L'armateur serrant la main de Fallut.

Les aussières étaient larguées. Le chalutier glissait, s'éloignait du quai. Alors Jean-Marie, le mousse, étranglé par le trac, éclatait en sanglots, trépignait, voulait se précipiter à terre...

Fallut était à la place même de Maigret.

« Demi!... Cent cinquante tours!... En avant toute!... »

Est-ce qu'Adèle dormait toujours? Est-ce qu'elle n'allait pas s'inquiéter à la première houle?

Fallut ne bougeait pas de la place qui était la sienne depuis tant d'années. Devant lui, c'était la mer, l'Atlantique...

Tous ses nerfs étaient tendus car il se rendait compte de la bêtise qu'il avait faite... Cela lui avait paru moins grave, à terre...

« Deux quarts à bâbord... »

Et voilà que des cris éclataient, que le groupe de la jetée se précipitait en avant! Un homme, grimpé au mât de charge pour dire adieu aux siens, était tombé sur le pont!

« Stop!... Arrière!... Stop... »

Rien ne bougeait du côté de la cabine... Est-ce qu'il n'était pas encore temps de mettre la femme à terre?...

Des canots s'approchaient. Le navire s'immobilisait entre les jetées. Une barque de pêche demandait le passage.

Mais l'homme était blessé. Il fallait l'abandonner. On le descendait dans un doris...

Des femmes, là-bas, en étaient bouleversées, parce qu'elles étaient superstitieuses! Et le mousse, par surcroît, qu'il fallait empêcher de se jeter à l'eau tant il avait peur de partir!...

« En avant!... Demi!... Toute!... »

Le Clinche, lui, prenait possession de son domaine, essayait ses appareils, le casque sur la tête. Et, dans cet attirail, il écrivait :

« *Ma fiancée chérie,*

« *Huit heures du matin! Nous partons... Déjà on ne voit plus la ville et...* »

***

Maigret alluma une nouvelle pipe, se leva pour mieux voir à l'entour.

Tous ses personnages, il les possédait, il les faisait manœuvrer en quelque sorte sur ce bateau qu'il dominait du regard.

« Premier déjeuner dans l'étroite cabine réservée aux officiers : Fallut, le second, le chef mécanicien et le télégraphiste... Et le capitaine annonce qu'il prendra ses repas tout seul, chez lui... »

C'est quelque chose de jamais vu! Une idée biscornue! Tout le monde en cherche en vain la raison!

Et Maigret, le front dans la main, de grogner :

« C'est le mousse qui est chargé de porter la nourriture au capitaine... Celui-ci ne fait qu'entrouvrir la porte, ou bien cache Adèle sous le lit qu'il a surélevé... »

Ils sont deux à ne manger qu'une seule portion ! La première fois, la femme rit ! Et Fallut, sans doute, lui abandonne presque toute sa part.

Il est trop grave. Elle se moque de lui. Elle le câline... Il cède... Il sourit...

Est-ce que déjà, dans le gaillard d'avant, on ne parle pas du mauvais œil ?... Et ne commente-t-on pas la décision du capitaine de manger seul ?... Jamais, au surplus, on n'a vu un capitaine se promener avec la clef de sa cabine dans la poche !...

Les deux hélices tournent. Le chalutier a acquis la trépidation qui continuera à l'animer pendant trois mois.

En bas, des hommes comme P'tit Louis enfournent le charbon dans la gueule des feux huit ou dix heures par jour, ou bien surveillent en somnolant la pression d'huile...

« Trois jours... C'est l'avis général... Il a fallu trois jours environ pour créer une atmosphère d'inquiétude... Et dès ce moment les hommes se sont demandé si Fallut n'était pas fou... »

Pourquoi ?... La jalousie ?... Mais Adèle a déclaré qu'elle n'a vu Le Clinche que vers le quatrième jour...

Jusque-là, il est trop préoccupé de ses nouveaux appareils. Il capte des messages, pour sa satisfaction personnelle. Il fait des essais de transmission. Et, le casque sur la tête, il écrit des pages et des pages comme si la poste allait les porter aussitôt à sa fiancée.

Trois jours... On a à peine eu le temps de lier connaissance... Peut-être le chef mécanicien, en collant le visage aux hublots, a-t-il aperçu la jeune femme?... Mais il n'en a rien dit!...

L'atmosphère, à bord, ne se crée que peu à peu, à mesure que les hommes se rapprochent en vivant des aventures communes. Et il n'y a pas encore d'aventures! On ne pêche même pas! Il faut attendre d'être sur le Grand Banc, là-bas, à Terre-Neuve, de l'autre côté de l'Atlantique, où l'on n'arrivera que dans dix jours au plus tôt...

***

Maigret était debout sur la passerelle de commandement et un homme qui se serait réveillé se fût demandé ce qu'il faisait là, énorme, solitaire, à regarder lentement autour de lui.

Ce qu'il faisait? Il essayait de comprendre! Tous les personnages étaient à leur place, avec leur mentalité particulière, leurs préoccupations.

Mais, à partir d'ici, il n'y avait plus moyen de deviner. Il existait un grand trou. Le commissaire ne pouvait qu'évoquer des témoignages.

« C'est vers le troisième jour que le capitaine Fallut et le télégraphiste se sont regardés en ennemis... Ils avaient chacun un revolver en poche... Ils semblaient avoir peur l'un de l'autre...

Et pourtant Le Clinche n'est pas encore l'amant d'Adèle!

« Dès lors, le capitaine a été comme fou... »

Or, on est en plein Atlantique. On a quitté la route des paquebots. C'est à peine si l'on rencontrera d'autres chalutiers, anglais ou allemands, se dirigeant vers leurs lieux de pêche.

Est-ce Adèle qui s'impatiente, qui se plaint de sa vie de recluse ?

« ... *comme un fou...* »

Tout le monde est d'accord sur ce mot-là ! Et il semble qu'Adèle ne suffise pas à provoquer un pareil bouleversement chez un homme équilibré, qui a eu toute sa vie durant la religion de l'ordre.

Elle ne l'a pas trompé ! Il lui a permis deux ou trois promenades sur le pont, la nuit, en prenant des précautions multiples.

Alors, pourquoi est-il *comme un fou ?...*

Les témoignages se succèdent :

« ...Il donne l'ordre de mouiller le chalut là où jamais, de mémoire d'homme, on n'a pris une morue... »

Et ce n'est pas un nerveux, ni un emballé, ni un colérique ! C'est un petit-bourgeois méticuleux qui a rêvé un instant d'unir sa vie à celle de sa logeuse Mme Bernard et de finir ses jours dans la maison pleine de broderies de la rue d'Étretat...

« ...Les accidents succèdent aux accidents... Quand on est enfin sur un banc et qu'on prend du poisson, on le sale de telle sorte qu'il doit fatalement arriver avarié... »

Fallut n'est pas un débutant ! Il va prendre sa

retraite ! Personne, jusqu'ici, n'a eu quoi que ce soit à lui reprocher !

Il mange toujours dans sa cabine.

« ...Il me boude..., dira Adèle. Il reste des jours, voire des semaines sans m'adresser la parole... Puis soudain cela le prend... »

Une bouffée de sensualité ! Elle est là, chez lui ! Il partage son lit ! Et il parvient, des semaines durant, à lui tenir rigueur, jusqu'à ce que la tentation soit trop forte !

Agirait-il de même si son seul grief procédait de la jalousie ?...

Le chef mécanicien tourne autour de la cabine, alléché. Mais il n'a pas l'audace de forcer la serrure.

L'épilogue enfin : l'*Océan* revient vers la France, plein de morue mal salée.

N'est-ce pas chemin faisant que le capitaine rédige cette sorte de testament dans lequel il annonce qu'il ne faudra accuser personne de sa mort ?

Donc, il veut mourir ! Il veut se tuer ! Personne, à bord, en dehors de lui, n'est capable de faire le point et il est assez imprégné de l'esprit marin pour ramener d'abord son bateau au port.

Se tuer parce qu'il a transgressé les règlements en emmenant une femme avec lui ? Se tuer parce que le poisson, trop peu salé, se vendra quelques francs au-dessous du cours ?

Se tuer parce que l'équipage, étonné de ses manières bizarres, l'a pris pour un fou ?...

Le capitaine le plus froid, le plus minutieux de Fécamp? Celui dont on cite les livres de bord en exemple?

Celui qui, depuis si longtemps, vit dans la maison paisible de Mme Bernard?...

Le vapeur accoste. Tous les hommes sautent à terre, se précipitent vers le *Rendez-vous des Terre-Neuvas* où l'on peut enfin boire de l'alcool.

Et tous sont comme marqués du sceau du mystère! Tous se taisent sur certaines choses! Tous sont inquiets!

Parce qu'un capitaine a eu des attitudes inexplicables?

Fallut descend à terre, tout seul. Il faudra attendre que les quais soient déserts pour débarquer Adèle.

Il fait quelques pas. Deux hommes sont cachés : le télégraphiste et Gaston Buzier, l'amant de la fille.

N'empêche que c'est un troisième qui saute sur le capitaine, l'étrangle, le pousse dans le bassin.

***

Et cela se passait à la place même où l'*Océan* se balançait maintenant sur l'eau noire. Le corps était allé s'accrocher à la chaîne d'ancre...

Maigret fumait, le front dur.

Dès le premier interrogatoire, Le Clinche ment, parle d'un homme en souliers jaunes qui a tué Fallut... Or, l'homme en souliers jaunes, c'est Buzier... Et, mis en face de lui, Le Clinche se rétracte...

Pourquoi ce mensonge, sinon pour sauver le troisième personnage, c'est-à-dire l'assassin?... Et pourquoi Le Clinche ne révèle-t-il pas son nom?

Au contraire! Il se laisse emprisonner à sa place! Il se défend à peine, alors qu'il a toutes les chances d'être condamné!

Il est sombre, comme un homme bourrelé de remords. Il n'ose regarder ni sa fiancée ni Maigret dans les yeux...

Un tout petit détail : avant de revenir vers le chalutier, il est allé au *Rendez-vous des Terre-Neuvas*... Il est monté dans sa chambre... Il a brûlé des papiers...

Sorti de prison, il est sans joie, alors que Marie Léonnec est là, qui l'invite à l'optimisme... Et il trouve le moyen de se procurer un revolver...

Il a peur... Il hésite... Longtemps il reste, les yeux clos, le doigt sur la gâchette...

Et il tire.

***

A mesure que la nuit s'écoulait, l'air devenait plus frais, la brise plus chargée de relents de varech et d'iode.

Le chalutier s'était élevé de plusieurs mètres. Le pont se trouvait au niveau du quai et les aspirations de la marée lui faisaient faire des embardées latérales qui provoquaient des grincements de la passerelle.

Maigret avait oublié sa fatigue. L'heure pénible était passée. Le jour était proche.

Il établissait un bilan :

Le capitaine Fallut, qu'on avait décroché, mort, de la chaîne d'ancre...

Adèle et Gaston Buzier qui se disputaient, devenus incapables de se supporter mutuellement, et qui n'avaient pourtant pas d'autre port d'attache...

Le Clinche qu'on avait sorti, tout blanc, sur une civière à roulettes, de la salle d'opération...

Et Marie Léonnec...

Et ces hommes qui, même ivres, au *Rendez-vous des Terre-Neuvas,* gardaient comme un souvenir d'angoisse...

« Le troisième jour! articula Maigret à voix haute... C'est là qu'il faut chercher!... Quelque chose de plus terrible que de la jalousie... *Et pourtant quelque chose qui découlât directement de la présence d'Adèle à bord...* »

L'effort était douloureux. Une tension de toutes les facultés. Le bateau oscillait insensiblement. De la lumière se fit dans le gaillard d'avant où les matelots allaient se lever.

« Le troisième jour... »

Alors sa gorge se serra. Il regarda le château d'arrière, puis le quai où tout à l'heure un homme se penchait en montrant le poing.

Peut-être était-ce en partie l'effet du froid? Toujours est-il qu'un frisson le secoua.

« Le troisième jour... Le mousse... Jean-Marie... Celui-là qui trépignait et qui ne voulait pas partir... a été enlevé par une lame... la nuit... »

Maigret fixait le pont tout entier, semblait chercher la place où la catastrophe s'était produite.

« Il n'y avait que deux témoins... Le capitaine Fallut et le télégraphiste, Pierre Le Clinche... Le lendemain ou le surlendemain, Le Clinche devenait l'amant d'Adèle... »

Ce fut une cassure nette. Maigret ne s'attarda pas une seconde de plus. Quelqu'un remuait dans le gaillard d'avant. Sans être aperçu, il franchit la planche qui reliait le bateau à la terre.

Et, les mains dans les poches, le nez bleui par le froid, lugubre, il regagna l'hôtel de la Plage.

Ce n'était pas encore le jour. Mais ce n'était plus la nuit car, sur la mer, les crêtes des vagues se dessinaient en blanc cru. Et les mouettes faisaient sur le ciel des taches claires.

Un train sifflait, en gare. Une vieille femme partait vers les rochers, son panier au dos, un crochet à la main, pour chercher des crabes.

10

LES ÉVÉNEMENTS DU TROISIÈME JOUR

QUAND Maigret descendit de sa chambre vers huit heures du matin, il avait la tête vide, la poitrine vague, comme quand on a trop bu.

« Ça ne marche pas comme tu voudrais? » lui avait demandé sa femme.

Il avait haussé les épaules et elle n'avait pas insisté. Mais voilà qu'à la terrasse de l'hôtel, face à la mer d'un vert perfide qui moutonnait, il tombait sur Marie Léonnec. Et la jeune fille n'était pas seule. Un homme était assis à sa table. Elle se levait précipitamment et elle balbutiait à l'adresse du commissaire :

« Permettez-moi de vous présenter mon père, qui vient d'arriver... »

Le vent était frais, le ciel couvert. Les mouettes volaient au ras de l'eau.

« Croyez que je suis très honoré, monsieur le commissaire... Très honoré et très heureux... »

Maigret le regarda d'un air morne. C'était un homme court en pattes, qui n'aurait pas été plus ridicule qu'un autre sans un nez disproportionné, de la grosseur de deux ou trois nez moyens, piqueté par surcroît comme une fraise.

Ce n'était pas sa faute! C'était une véritable infirmité. N'empêche qu'on ne voyait que ce nez, que, quand il parlait, on ne regardait que lui, que tout pathétique lui était par le fait interdit.

« Vous prendrez bien quelque chose avec nous...

— Merci! Je viens de déjeuner...

— Alors, un petit alcool pour vous réchauffer...

— Sans façon! »

Il insistait. N'est-ce pas une politesse de faire boire les gens malgré eux?

Et Maigret l'observait, observait sa fille qui, le nez à part, lui ressemblait. En la regardant de la sorte, on pouvait très bien prévoir ce qu'elle serait dans une dizaine d'années, lorsque le charme de la jeunesse aurait disparu.

« Je veux aller droit au but, monsieur le commissaire... C'est ma devise, à moi!... J'ai voyagé toute la nuit pour cela... Quand Jorissen est venu me trouver et me dire qu'il accompagnerait ma fille, j'ai accordé mon autorisation... Donc, on ne peut pas dire que je ne sois pas large d'idées... »

Seulement, Maigret avait hâte d'être ailleurs! Et il y avait ce nez! Et une certaine emphase de petit-bourgeois qui s'écoute parler.

« N'empêche que mon devoir de père est de me renseigner, n'est-ce pas?... C'est pourquoi je vous demande, en votre âme et conscience, de me dire si vous pensez que ce jeune homme est innocent... »

Marie Léonnec regardait ailleurs. Elle devait sentir confusément que cette intervention de son père n'avait aucune chance d'arranger les choses.

Seule, accourant au secours de son fiancé, elle avait un certain prestige. Tout au moins était-elle émouvante.

En famille, c'était différent. On sentait trop la boutique de Quimper, les discussions ayant précédé le départ, les cancans des voisins.

« Vous me demandez s'il a tué le capitaine Fallut?

— Oui... Vous devez comprendre qu'il est essentiel que... »

Maigret regardait droit devant lui de son air le plus absent.

« Eh bien... »

Il vit les mains de la jeune fille qui frémissaient.

« ...Il ne l'a pas tué... Vous permettez? Une démarche urgente à faire... J'aurai sans doute le plaisir de vous revoir tout à l'heure... »

C'était une fuite! Au point qu'il renversa une chaise de la terrasse. Il devina que ses interlocuteurs étaient éberlués, mais il ne se retourna pas pour s'en assurer.

Sur le quai, il suivit le trottoir, loin de l'*Océan*. Mais il remarqua quand même que des hommes venaient d'arriver, leur sac de marin sur l'épaule, et faisaient connaissance avec le bateau. Une charrette déchargeait des sacs de pommes de terre. L'armateur était là, avec ses bottes vernies et son crayon sur l'oreille.

Beaucoup de bruit au *Rendez-vous des Terre-Neuvas,* dont la porte était ouverte. Maigret distingua vaguement P'tit Louis qui pérorait au milieu du cercle de *nouveaux*.

Il ne s'arrêta pas. Il pressa le pas en voyant le patron lui adresser un signe. Cinq minutes plus tard, il sonnait à la porte de l'hôpital.

***

L'assistant était tout jeune. Sous sa blouse on apercevait un costume à la dernière mode, une cravate recherchée.

« Le télégraphiste?... C'est moi qui ai pris sa température et son pouls ce matin... Il va aussi bien que possible...

— Il a sa lucidité?

— Je pense! Il ne m'a rien dit, mais il m'a suivi tout le temps du regard...

— On peut lui parler de choses sérieuses? »

L'assistant eut un geste vague, indifférent.

« Pourquoi pas?... Du moment que l'opération a réussi et qu'il n'a pas de fièvre... Vous voulez le voir?... »

Pierre Le Clinche était seul dans une petite chambre ripolinée où régnait une chaleur moite. Il regarda Maigret s'avancer et ses prunelles étaient claires, exemptes de trouble.

« Vous voyez qu'on ne peut pas faire mieux... Dans huit jours, il sera debout... Par contre, il a des chances de boiter, car un tendon de la hanche a été sectionné... Et il devra prendre quelques précautions... Vous préférez que je vous laisse seul avec lui?... »

C'était assez troublant. La veille, on avait amené une véritable loque, sanglante, malpropre, où l'on eût juré qu'il n'y avait plus un souffle de vie.

Et Maigret retrouvait un lit blanc, un visage un peu tiré, un peu pâle, mais plus calme qu'il ne l'avait jamais vu. C'était presque de la sérénité qu'on lisait dans les prunelles.

C'est peut-être pourquoi il hésita. Il marcha de long en large dans la pièce, colla un instant son front à la double fenêtre d'où il aperçut le port et le chalutier où s'agitaient des hommes en vareuse rouge.

« Vous vous sentez la force de supporter une conversation? » grogna-t-il à brûle-pourpoint en se tournant vers le lit.

Le Clinche fit un léger signe d'assentiment.

« Vous savez que je ne suis pas officiellement mêlé à cette affaire?... Mon ami Jorissen m'a demandé de prouver votre innocence... C'est fait! vous n'avez pas tué le capitaine Fallut. »

Il poussa un grand soupir. Puis, pour en finir, il fonça tête baissée sur son sujet.

« Dites-moi la vérité sur les événements du troisième jour, c'est-à-dire sur la mort de Jean-Marie... »

Il évitait de regarder le blessé en face. Il bourrait une pipe, par contenance et, comme le silence s'éternisait, il murmura :

« C'était le soir... Il n'y avait que le capitaine Fallut et vous sur le pont... Étiez-vous ensemble?...

— Non!...

— Le capitaine se promenait près du château arrière?

— Oui... Je venais de sortir de ma cabine... Il ne me voyait pas... Je l'observais, parce que je sentais quelque chose d'anormal dans sa conduite...

— Vous ne saviez pas encore qu'il y avait une femme à bord?

— Non! Je croyais plutôt que, s'il fermait sa porte avec tant de soin, c'est qu'il y avait chez lui des articles de contrebande... »

La voix était lasse. Et pourtant le ton s'éleva pour articuler :

« C'est la chose la plus affreuse que je connaisse, monsieur le commissaire... Qui a parlé... Dites-moi?... »

Et il fermait les yeux, comme il les avait fermés en attendant de se tirer une balle dans le ventre à travers sa poche.

« Personne... Le capitaine se promenait, nerveux, sans doute, tel qu'il était depuis l'appareillage... Mais quelqu'un était à la barre?...

— Un timonier! Il ne pouvait nous voir, à cause de l'obscurité...

— Le mousse est survenu... »

Le Clinche l'interrompit en se dressant à demi, les mains crispées à la ficelle qui pendait du plafond pour lui permettre de s'aider dans ses mouvements.

« Où est Marie?...

— A l'hôtel. Son père vient d'arriver...

— Pour l'emmener!... Oui! C'est bien!... Il faut qu'il l'emmène... Et surtout qu'elle ne vienne pas ici!... »

Il s'enfiévrait. Sa voix était plus mate, le débit haché.

On sentait monter la température. Les yeux devenaient brillants.

« Je ne sais pas qui vous a parlé... Mais, maintenant, il faut que je dise tout... »

Son animation était telle, et si brutale, qu'on pouvait croire qu'il délirait.

« Une chose inouïe... Vous ne connaissiez pas le gamin... Tout maigre!... Et avec ça un costume taillé dans un vieux complet de toile de son père... Le premier jour, il avait eu peur, il avait pleuré... Comment vous dire?... Après, il se vengeait par des rosseries... Est-ce que ce n'était pas de son âge?... Vous savez ce que veut dire *un sale gosse?*... C'était cela... Je l'ai surpris deux fois en train de lire les lettres que j'écrivais à ma fiancée... Et il me disait avec effronterie :

« — C'est pour ta poule?... »

« Ce soir-là... Je crois que le capitaine se promenait de long en large parce qu'il était trop nerveux pour dormir... Il y avait un clapotis assez fort... De temps en temps, un paquet d'eau passait par-dessus la rambarde et mouillait les tôles du pont... N'empêche que ce n'était pas une tempête...

« J'étais peut-être à dix mètres... Je n'ai entendu que quelques mots... Mais je voyais les silhouettes... Le gosse, dressé comme un coq sur ses ergots, qui riait... Et le capitaine, le cou engoncé dans la vareuse, les mains dans les poches...

« Jean-Marie m'avait parlé de « ma poule »... Il devait plaisanter de même avec Fallut... Sa voix était aiguë... Je me souviens d'avoir perçu :

« — Et si je disais à tout le monde que... »

« Je n'ai compris qu'après... Il avait découvert, lui, que le capitaine cachait une femme dans sa cabine... Il en était tout fier... Il faisait le faraud... Il était méchant, sans le savoir...

« Alors, il est arrivé ceci... Le capitaine a fait un mouvement pour le gifler... Le gosse, très souple, a évité le coup, a crié quelque chose qui devait être une nouvelle menace de parler...

« Et la main de Fallut a rencontré un hauban... Il a dû se faire mal... La colère l'a étranglé...

« La fable du lion et du moucheron... Il a oublié toute dignité... Il a poursuivi l'enfant... Celui-ci, au début, se sauvait en riant, mais la panique le gagnait...

« Un hasard, et n'importe qui pouvait entendre, tout apprendre du même coup... Fallut était fou d'angoisse...

« J'ai vu son geste pour happer Jean-Marie

par les épaules, mais, au lieu de le saisir, il l'a fait tomber en avant...

« C'est tout... Il y a de ces fatalités... La tête a porté sur un cabestan... J'ai entendu un bruit effrayant, un son mat... *Le crâne...* »

***

Il se passa les deux mains sur le visage. Il était livide. La sueur ruisselait sur son front.

« Un paquet de mer a balayé le pont à ce moment... Si bien que c'est sur une forme toute mouillée que le capitaine s'est penché... En même temps il m'a aperçu... Sans doute oubliai-je de me cacher?... J'ai fait quelques pas en avant... Je suis arrivé à temps pour voir le corps du gosse se recroqueviller, puis se raidir dans un mouvement que je n'oublierai jamais...

« Mort... Bêtement!... Et nous, nous regardions sans comprendre, sans parvenir à réaliser cette chose épouvantable...

« Personne n'avait rien vu, rien entendu... Fallut n'osait pas toucher l'enfant... C'est moi qui tâtai la poitrine, les mains, la tête fêlée... Pas de sang... Pas de plaie... C'était le crâne qui s'était fendu...

« Nous sommes peut-être restés un quart d'heure là, sans savoir que faire, lugubres, les épaules glacées, tandis que des embruns nous sautaient parfois au visage...

« Le capitaine n'était plus le même homme.

On eût dit qu'en lui aussi il y avait quelque chose de cassé...

« Quand il a parlé, il l'a fait d'une voix incisive, sans chaleur.

« — Il ne faut pas que l'équipage apprenne la « vérité!... Pour la discipline!... »

« Et c'est lui, devant moi, qui a soulevé le gamin. Il n'y avait qu'un geste à faire... Tenez! Je me souviens qu'il lui a tracé, du pouce, une croix sur le front...

« Le corps, emporté par la mer, a heurté deux fois la coque. Nous étions toujours debout l'un et l'autre dans l'obscurité. Nous n'osions pas nous regarder. Nous n'osions pas parler... »

Maigret venait d'allumer sa pipe, dont il serrait fortement le tuyau entre ses dents.

Une infirmière entra. Les deux hommes la regardèrent avec des yeux tellement absents, qu'elle se troubla, balbutia :

« C'était pour la température...

— Tout à l'heure! »

Et, la porte refermée, le commissaire murmura :

« C'est alors qu'il vous a parlé de sa maîtresse?

— Dès ce moment, il n'a plus jamais été le même... Il ne devait pas être fou à proprement parler... Mais il y avait quelque chose de faussé... Il a commencé par me toucher l'épaule... Il a murmuré :

« — A cause d'une femme, jeune homme!... »

« J'avais froid. J'étais fiévreux. Je ne pouvais

m'empêcher de regarder la mer du côté où le corps avait été emporté...

« On vous a parlé du capitaine?... Il était petit et sec, avec un visage énergique... Et il parlait volontiers par petites phrases inachevées...

« — Voilà!... Cinquante-cinq ans... La retraite proche... Une réputation solide... Quelques économies... Fini!... Sapé!... En une minute!... En moins d'une minute... A cause d'un gamin qui... Ou plutôt à cause d'une fille... »

« Et comme ça, dans la nuit, d'une voix sourde, rageuse, il m'a tout dit, bribe par bribe... Une femme du Havre... Une femme qui ne devait pas valoir grand-chose, il s'en rendait compte... Mais il ne pouvait plus s'en passer...

« Il l'avait emmenée... Et il avait eu au même moment la sensation que sa présence provoquerait des drames...

« Elle était là... Elle dormait... »

Le télégraphiste s'agitait.

« Je ne sais pas tout ce qu'il m'a raconté... Car il éprouvait le besoin de parler d'elle... Avec haine et passion tout ensemble...

« — Un capitaine n'a pas le droit de déclencher un scandale susceptible de ruiner son autorité... »

« J'entends encore ces mots-là... C'était la première fois que je naviguais... Et je considérais maintenant la mer comme un monstre qui allait nous happer tous...

« Fallut me citait des exemples... En telle

année, un capitaine qui avait emmené sa maîtresse... Il y avait eu de telles rixes à bord que trois hommes n'étaient pas revenus...

« Il ventait... Les embruns succédaient aux embruns... Parfois une lame venait lécher nos pieds qui glissaient sur le métal gras du pont...

« Il n'était pas fou, non!... Mais il n'était quand même plus Fallut...

« — Finir seulement la campagne!... Après, on verra... »

« Je ne comprenais pas ce qu'il voulait dire. Il me paraissait à la fois respectable et fantasque, raccroché au sentiment du devoir.

« — Il ne faut pas qu'on sache... Un capitaine ne peut pas avoir tort... »

« J'étais malade d'énervement. Je ne pouvais plus penser. Les idées se brouillaient dans ma tête et, à la fin, c'était un vrai cauchemar que je vivais debout...

« Cette femme, dans la cabine, cette femme dont un homme comme le capitaine était incapable de se passer... Cette femme dont le seul nom le faisait haleter...

« Moi, j'écrivais des lettres et des lettres à ma fiancée, mais je m'en étais séparé pour trois mois... Je ne connaissais pas ces transes... Et quand il me disait *sa chair*... ou *son corps*... je rougissais sans savoir pourquoi... »

Maigret questionna lentement :

« Personne, hormis vous deux, à bord, n'a connu la vérité sur la mort de Jean-Marie?

— Personne!

— Et c'est le capitaine qui, selon la tradition, a récité la prière des morts?

— Au petit jour... Le temps était brouillé... On glissait dans une grisaille glaciale...

— L'équipage n'a rien dit?

— Il y avait de drôles de regards, des chuchotements... Mais Fallut était plus volontaire que jamais et sa voix était devenue mordante... Il n'admettait plus la moindre réplique... Il se fâchait pour un regard qui ne lui plaisait pas... Il épiait les hommes, comme pour deviner le soupçon qui pourrait naître en eux...

— Et vous?... »

Le Clinche ne répondit pas. Il tendit le bras pour atteindre un verre d'eau qui se trouvait sur la table de nuit et il but goulûment.

« Vous avez rôdé de plus belle autour de la cabine, n'est-ce pas?... Vous vouliez voir cette femme qui avait troublé à ce point le capitaine?... C'est la nuit suivante?...

— Oui... Je l'ai rencontrée un instant... Ensuite la nuit d'après... J'avais remarqué que la clef du poste de T.S.F. était la même que celle de la cabine... Le capitaine était de quart... Je suis entré, comme un voleur...

— Vous êtes devenu son amant?... »

Les traits du télégraphiste se durcirent.

« Je vous jure que vous ne pouvez pas comprendre!... Il régnait une atmosphère sans aucun rapport avec les réalités de tous les jours... Ce gosse... Et la cérémonie de la veille... N'empêche que quand j'y pensais c'était toujours la même image qui me revenait à l'esprit : celle d'une femme différente des autres, une femme dont le corps, dont la chair pouvaient rendre un homme si différent de lui-même...

— Elle vous a provoqué?

— Elle était couchée, demi-nue... »

Et il rougit violemment... Il détourna la tête.

« Combien de temps êtes-vous resté dans la cabine?

— Peut-être deux heures... Je ne sais plus... Quand je suis sorti, les oreilles bourdonnantes, le capitaine était devant la porte... Il ne m'a rien dit... Il m'a regardé passer... J'ai failli me jeter à ses genoux, lui crier que ce n'était pas ma faute, lui demander pardon... Mais il avait un visage glacé... J'ai marché... J'ai regagné mon poste...

« J'avais peur... A partir de ce moment, j'ai toujours eu mon revolver chargé en poche, parce que j'étais persuadé qu'il allait me tuer...

« Il ne m'a jamais plus adressé la parole, sauf pour le service... Et encore! la plupart du temps il me faisait porter des ordres écrits...

« Je voudrais mieux vous expliquer... J'en suis incapable... Chaque jour c'était pis... J'avais l'impression que tout le monde était au courant du drame...

« Le chef mécanicien rôdait, lui aussi, autour de la cabine... Et le capitaine y restait enfermé des heures durant...

« Les hommes nous regardaient avec des yeux interrogateurs, inquiets... Ils devinaient qu'il se passait quelque chose... Cent fois j'ai entendu parler du mauvais œil...

« Et je n'avais qu'une envie...

— Naturellement ! » grommela Maigret.

Il y eut un silence. Le Clinche fixait le commissaire avec des yeux chargés de reproche.

« Il y a eu du vilain temps dix jours de suite... J'étais malade... Mais c'est à elle que je pensais... Elle était parfumée... Elle... Je ne peux pas vous dire !... Cela me faisait mal !... Oui !... Un désir capable de faire mal, capable de me faire pleurer de rage !... Surtout quand je voyais le capitaine entrer dans la cabine !... Parce que, maintenant, j'imaginais des choses... Tenez !... Elle m'avait appelé son *grand gosse*... Avec une voix spéciale, un peu rauque !... Et je répétais ces deux mots-là pour me torturer... Je n'écrivais plus à Marie... J'échafaudais des rêves impossibles : fuir avec cette femme, dès l'arrivée à Fécamp...

— Le capitaine ?...

— Était toujours plus glacé, plus tranchant... Peut-être que, quand même, il y avait de la folie dans son cas... Je ne sais pas... Il a ordonné de pêcher quelque part et tous les vieux marins ont prétendu que jamais on n'avait vu un poisson dans ces parages... Il n'admettait pas de réplique !... Il avait peur de moi... Est-ce qu'il savait que j'étais armé ?... Il l'était aussi... Quand nous nous rencontrions, il portait la main à sa poche... J'ai essayé cent fois de revoir Adèle... Mais il était toujours là !... Avec des yeux cernés, des lèvres tirées!... Et l'odeur de morue... Les hommes qui salaient le poisson dans la cale... Les accidents, coup sur coup...

« Le chef mécanicien rôdait aussi... Si bien que plus personne ne se parlait franchement... Nous étions comme trois fous... Il y a des nuits où je crois que j'aurais tué quelqu'un pour la rejoindre... Comprenez-vous ça?... Des nuits où je déchirais mon mouchoir avec les dents en répétant, avec sa voix :

« — *Mon grand gosse!... Grand imbécile!...* »

« Et c'était long! Et les jours succédaient aux nuits! Puis encore les jours!... Avec rien que de l'eau grise autour de nous, des brouillards froids, et des écailles et des entrailles de morue partout...

« Un goût écœurant de saumure dans la gorge...

« Rien qu'une fois!... Je crois que si j'avais pu la rejoindre une seule fois encore j'aurais été guéri!... Mais c'était impossible... Il était là!... Il était toujours là, avec ses yeux de plus en plus enfoncés...

« Ce roulis, tout le temps, cette vie sans horizon... Puis on a aperçu des falaises...

« Est-ce que vous imaginez que cela avait duré trois mois?... Eh bien, au lieu d'être guéri, j'étais plus malade... Ce n'est que maintenant que je me rends compte que c'était une maladie...

« Je détestais le capitaine qui était toujours sur mon chemin... J'avais horreur de cet homme déjà vieux qui tenait enfermée une femme comme Adèle...

« J'avais peur de rentrer au port... J'avais peur de la perdre pour toujours...

« A la fin, il me faisait l'effet d'un démon! Oui! Une sorte de génie malfaisant, qui gardait cette femme pour lui seul...

« Il y a eu des fausses manœuvres à l'arrivée... Les hommes ont sauté à terre, soulagés, se sont précipités vers les bistrots... Je savais bien, moi, que le capitaine n'attendait que la solitude de la nuit pour faire sortir Adèle...

« Je suis rentré dans ma chambre, chez Léon... Il y avait des vieilles lettres, des portraits de ma fiancée et, je ne sais pourquoi, pris de fureur, j'ai brûlé tout ça...

« Je suis sorti... Je la voulais!... Je vous répète que je la voulais!... Est-ce qu'elle ne m'avait pas dit qu'au retour Fallut l'épouserait?...

« Je me suis heurté à un homme... »

Il se laissa tomber lourdement sur l'oreiller et tout son visage crispé exprima une douleur atroce.

« Puisque vous savez... râla-t-il.

— Oui... Le père de Jean-Marie... Le chalutier était à quai... Il n'y avait plus que le capitaine et Adèle à bord... Il allait la faire sortir... Alors...

— Taisez-vous!...

— Alors, vous avez dit à cet homme qui venait regarder le bateau où était mort son enfant que le gosse avait été assassiné... Est-ce vrai?... Et vous l'avez suivi!... Vous étiez caché derrière un wagon quand il s'est approché du capitaine...

— Taisez-vous!...

— Le crime a eu lieu devant vous...

— Je vous en supplie!

— Non! Vous y avez assisté! Vous êtes monté à bord! Vous avez fait sortir la femme...

— Je ne la voulais déjà plus! »

Il y eut dehors un grand coup de sirène. Les lèvres de Le Clinche tremblèrent tandis qu'il bégayait :

« *L'Océan*...

— Oui... Il appareille à marée haute... »

Ils se turent. On entendait tous les bruits de l'hôpital, y compris le roulement très doux d'un brancard qu'on poussait vers la salle d'opération.

« Je ne la voulais plus!... répéta convulsivement le télégraphiste.

— Seulement, il était trop tard... »

Le silence de nouveau. Puis la voix de Le Clinche...

« Et pourtant... maintenant... je voudrais tant... »

Il n'osa pas prononcer le mot qu'il avait sur la langue.

« Vivre?... »

Et l'autre, alors :

« Vous ne comprenez donc pas?... J'ai été fou... Je ne comprends pas moi-même... C'était ailleurs, dans un autre monde... On est revenu ici et je me suis rendu compte... Dites!... Il y avait cette cabine noire... On tournait autour... Et plus rien n'existait d'autre... Il me semblait que c'était toute ma vie... Je voulais entendre répéter encore *mon grand gosse*... Je ne pourrais même pas dire comment ça c'est passé... J'ai ouvert la porte... Elle est partie... Il y avait un homme en souliers jaunes qui l'attendait et ils se sont jetés dans les bras l'un de l'autre, sur le quai.

« Je me réveillais... C'est le mot le plus juste... Et, depuis lors, je voudrais ne pas mourir... Marie Léonnec est venue, avec vous... Adèle est venue aussi, en compagnie de cet homme...

« Mais qu'est-ce que vous vouliez que je dise?...

« Il est trop tard, n'est-ce pas?... On m'a relâché... Je suis allé chercher un revolver à bord... Marie m'attendait sur le quai... Elle ne savait pas...

« Et l'après-midi cette femme qui parlait... Et lui, l'homme aux souliers jaunes...

« Qui est-ce qui est capable de comprendre tout cela?... J'ai tiré... Il m'a fallu des minutes et des minutes pour me décider... A cause de Marie Léonnec qui était là!...

« Maintenant... »

Il sanglota. Et il cria littéralement :

« Il va falloir que je meure quand même!... Et je ne veux pas mourir!... J'ai peur de mourir... Je... Je... »

Son corps avait de tels soubresauts que

Maigret appela une infirmière et celle-ci le maîtrisa, sans fièvre, avec des gestes qu'une longue habitude professionnelle rendait précis.

Pour la seconde fois le chalutier lançait son appel déchirant et les femmes couraient se masser sur la jetée.

11

LE DÉPART DE L'« OCÉAN »

MAIGRET arriva sur le quai juste au moment où le nouveau capitaine donnait l'ordre de larguer les aussières. Il aperçut le chef mécanicien qui faisait ses adieux à sa femme et il s'approcha, le prit à part.

« Un renseignement... C'est bien vous, n'est-ce pas, qui avez trouvé le testament du capitaine et l'avez jeté dans la boîte aux lettres du commissariat?... »

L'autre se troubla, hésita.

« Ne craignez rien... Vous soupçonniez Le Clinche... Vous avez pensé que c'était le moyen de le sauver... Encore que vous aviez tourné autour de la même femme... »

La sirène, rageuse, appelait les retardataires et les étreintes se dénouaient, sur le quai.

« Ne me parlez plus de ça, voulez-vous?... C'est vrai qu'il va mourir?...

— A moins qu'on ne le sauve... Où était le testament?...

— Dans les papiers du capitaine...

— Et qu'est-ce que vous y cherchiez?

— J'espérais trouver une photo..., avoua l'autre en baissant la tête. Vous permettez?... Il faut que... »

L'aussière tombait à l'eau. On allait lever la passerelle. Le chef mécanicien sauta à bord, adressa un dernier signe à sa femme, un regard à Maigret.

Et le chalutier se dirigea lentement vers la sortie du port. Un homme portait le mousse, à peine âgé de quinze ans, sur ses épaules. Et l'enfant, qui lui avait pris sa pipe, la tenait fièrement entre ses dents.

A terre, des femmes pleuraient.

En marchant vite, on pouvait suivre le bateau, qui ne donnerait de la vitesse qu'une fois hors des jetées. Des gens criaient des recommandations.

« Si tu rencontres l'*Atlantique*, n'oublie pas de dire à Dugodet que sa femme... »

Le ciel était toujours bouché. Le vent prenait le flot à rebrousse-poil et soulevait de petites vagues blanches qui faisaient un bruit rageur.

Un Parisien en pantalon de flanelle photographiait ce départ, suivi de deux jeunes filles en blanc qui riaient.

Maigret faillit renverser une femme qui se raccrocha à son bras, questionna :

« Eh bien?... Il va mieux?... »

C'était Adèle, qui n'avait pas mis de poudre depuis le matin au moins et qui avait la peau luisante.

« Buzier?... questionna le commissaire.

— Il a préféré filer au Havre... Il a peur des histoires... Et, comme je lui ai dit que je le laissais tomber... Mais le gosse, Pierre Le Clinche?

— Sais pas.

— Dites!... »

Mais non! Il l'abandonnait à son sort. Il avait aperçu un groupe sur la jetée : Marie Léonnec, son père et Mme Maigret. Tous trois étaient tournés vers le chalutier qui passait un moment à leur hauteur et Marie Léonnec disait avec ferveur :

« C'est *son* bateau... »

Maigret s'avança lentement, grognon. Sa femme fut la première à l'apercevoir dans la foule des gens qui venaient assister au départ du terre-neuvas.

« Il est sauvé? »

M. Léonnec, anxieux, tourna vers lui son nez difforme.

« Ah! je suis bien content de vous voir... Où en est maintenant l'enquête, monsieur le commissaire?...

— Nulle part.

— C'est-à-dire?...

— Rien... Je ne sais pas... »

Marie écarquillait les yeux.

« Mais Pierre?...

— L'opération a réussi... Il paraît sauvé...

— Il est innocent, n'est-ce pas?... Je vous supplie!... Dites à mon père qu'il est innocent. »

Elle y mettait toute son âme. Et Maigret, en la regardant, l'imaginait telle qu'elle serait dix ans plus tard, avec les mêmes traits que son père, un air un peu sévère, bien fait pour en imposer aux clients du magasin.

« Il n'a pas tué le capitaine... », dit-il.

Et, à sa femme :

« Je viens de recevoir un télégramme qui m'appelle à Paris...

— Déjà?... J'avais promis de prendre un bain, demain, avec... »

Elle comprit son regard.

« Vous nous excusez...

— Mais nous vous accompagnons jusqu'à l'hôtel... »

Maigret aperçut le père de Jean-Marie, ivre-mort, qui tendait encore le poing au chalutier, et il détourna la tête.

« Ne vous dérangez pas, je vous en prie...

— Dites-moi! prononçait M. Léonnec. Croyez-vous que je puisse le faire transporter à Quimper?... Il est certain que des gens jaseront... »

Marie le regardait d'un air suppliant. Elle était toute pâle. Elle balbutia :

« Puisqu'il est innocent!... »

Et Maigret avait son visage le plus bougon, son regard vague.

« Je ne sais pas... Vous êtes mieux à même...

— Vous me permettez quand même de vous offrir quelque chose... Une bouteille de champagne?...

— Merci...

— Un petit verre... Une Bénédictine, par exemple, puisque nous sommes dans le pays...

— Un demi... »

Mme Maigret bouclait les valises, là-haut.

« Alors, vous êtes bien de mon avis, n'est-ce pas?... C'est un brave garçon qui... »

Toujours ce regard de la jeune fille! Ce regard qui le suppliait de dire oui!

« Je pense que ce sera un bon mari...

— Et un bon commerçant! renchérit le père. Car je n'entends pas le laisser naviguer des mois durant... Quand on est marié, on se doit de...

— Évidemment!...

— Surtout que je n'ai pas de fils... Vous devez me comprendre, vous!...

— Oui... »

Maigret regardait l'escalier. Enfin sa femme s'y montra.

« Les bagages sont prêts... Il paraît qu'il n'y a un train qu'à...

— Peu importe! Nous louerons une voiture. »

C'était une fuite!

« Si vous avez l'occasion de passer par Quimper...

— Oui... Oui... »

Et ce regard de la jeune fille!... Elle semblait avoir compris que tout n'était pas aussi clair qu'il y paraissait, mais elle conjurait Maigret de se taire.

Elle voulait son fiancé.

Le commissaire serra des mains, paya sa note, vida son demi.

« En vous remerciant mille fois, monsieur Maigret...

— Il n'y a vraiment pas de quoi... »

L'auto commandée par téléphone arrivait.

***

« ... *et, à moins que vous n'ayez découvert des éléments qui m'aient échappé, je conclus en conseillant le classement de l'affaire...* »

C'était le passage d'une lettre du commissaire Grenier, de la Brigade mobile du Havre, à Maigret qui répondit télégraphiquement :

D'accord.

A six mois de là, il reçut un faire-part qui disait :

*M*me *veuve Le Clinche a l'honneur de vous annoncer le mariage de son fils Pierre avec M*lle *Marie Léonnec..., etc.*

Et, un peu plus tard, comme il visitait, pour les besoins d'une enquête, une maison spéciale de la rue Pasquier, il crut reconnaître une jeune femme qui détourna la tête.

Adèle!

Ce fut tout! Ou plutôt, cinq ans plus tard,

Maigret passa à Quimper. Il aperçut sur son seuil un marchand de cordages. C'était un homme jeune encore, très grand, qui commençait à prendre du ventre.

Il boitait légèrement. Il appelait un gamin de trois ans qui jouait à la toupie sur le trottoir.

« Tu veux rentrer, Pierrot?... Ta mère va te gronder... »

Et l'homme, trop préoccupé par sa progéniture, ne reconnut pas Maigret qui, d'ailleurs, hâta le pas, détourna la tête et esquissa une drôle de moue.

TABLE

COLLECTION « NOIR » CHEZ POCKET

Bernard Alliot
Eaux troubles

William Bayer
Hors champ
Punis-moi par des baisers
Voir Jérusalem et mourir

Robert Bloch
Autopsie d'un kidnapping
L'éventreur
L'incendiaire
La nuit de l'éventreur
Un serpent au paradis

James M. Cain
La femme jalouse
La femme du magicien

Raymond Chandler
Nouvelles (2 tomes)

Robin Cook
Mutation

Martin Cruz Smith
Blues pour un tsigane
Requiem pour un tsigane

Mildred Davis
La chambre du haut
La voix au téléphone

Nelson Demille
Retour de l'enfer

Mark Frost
La liste des sept

Loren D. Eastleman
Le pro

Arthur Conan Doyle
Les aventures de Sherlock Holmes
Le chien des Baskerville
La vallée de la peur

Brian Garfield
Poursuite

Elizabeth George
Enquête dans le brouillard
Cérémonies barbares
Le lieu du crime
Une douce vengeance
Pour solde de tout compte
Mal d'enfant
Un goût de cendres
Le visage de l'ennemi
Le meurtre de la falaise

Sue Grafton
" A " comme Alibi
" B " comme Brûlée
" C " comme Cadavre
" D " comme Dérapage
" E " comme Explosif
" F " comme Fugitif
" G " comme Gibier
" H " comme Homicide
" I " comme Innocent
" J " comme Jugement
" K " comme Killer
" L " comme Lequel ?

Martha Grimes
L'auberge de Jérusalem
Le vilain petit canard
Le crime de Mayfair
Les cloches de Whitechapel
L'énigme de Rackmoor
La jetée sous la lune
Le mystère de Tarn House

Patricia Highsmith
L'art du suspense

Alfred Hitchcock
Histoires terrifiantes
Histoires épouvantables

Histoires abominables
Histoires à lire toutes portes closes
Histoires à lire toutes lumières allumées
Histoires à ne pas fermer l'œil de la nuit
Histoires à déconseiller aux grands nerveux
Histoires préférées du maître ès crimes
Histoires qui font mouche
Histoires sidérantes
Histoires à claquer des dents
Histoires qui riment avec crime
Histoires à donner le frisson
Histoires à lire avec précaution
Histoires drôlement inquiétantes
Histoires percutantes
Histoires à faire froid dans le dos
Histoires à donner des sueurs froides
Histoires à vous glacer le sang
Histoires à suspense
Histoires à frémir debout
Histoires à vous faire dresser les cheveux sur la tête
Histoires renversantes
Histoires qui font tilt
Histoires à faire pâlir la nuit
Histoires noires pour nuits blanches
Histoires à vous mettre K. -O.
Histoires diaboliques
Histoires fascinantes
Histoires qui virent au noir
Histoires à vous couper le souffle
Histoires à faire peur
Histoires ténébreuses
Histoires à lire et à pâlir
Histoires ciblées
Histoires à rendre tout chose
Histoires en rouge et noir

William Irish
Concerto pour l'étrangleur
Une étude en noir
Lady Fantôme
Nouvelles (2 tomes)
Rendez-vous en noir

Charles King
Mama's boy

Dick Lochte
Temps de chien

Ed McBain
Downtown
Escamotage
Poison

Carol O'Connell
Meurtres à Gramercy Park
L'homme qui mentait aux femmes

Jefferson Parker
Un été d'enfer

David M. Pierce
La neige étend son blanc manteau
Rentre tes blancs moutons
Le petit oiseau va sortir
Sous le soleil de Mexico

Jack Richtie
L'île du tigre

Laurence Sanders
L'homme au divan noir

John Sandford
La proie de l'ombre
La proie de la nuit
La proie de l'esprit

Georges Simenon
L'affaire Saint-Fiacre
L'amie de Madame Maigret
L'âne rouge
Les anneaux de Bicêtre
Au bout du rouleau
Au rendez-vous des Terre-Neuvas
Les autres
Betty
La boule noire
La chambre bleue
Le charretier de la providence
Le chat
Chez les Flamands

Le chien jaune
Les complices
Le coup de lune
Un crime en Hollande
Le crime impuni
La danseuse du Gai-Moulin
Le destin de Malou
L'écluse n° 1
En cas de malheur
Les fantômes du chapelier
Les fiançailles de Monsieur Hire
Le fond de la bouteille
Le fou de Bergerac
La fuite de Monsieur Monde
Les gens d'en face
La guinguette à deux sous
Le haut mal
L'homme au petit chien
L'homme de Londres
Liberty Bar
Maigret
Maigret et les braves gens
Maigret au Picratt's
Maigret s'amuse
Maigret et le voleur paresseux
Maigret et la grande perche
Maigret et le corps sans tête
La maison du canal
Marie qui louche
Mémoires intimes
Monsieur Gallet décédé
La mort d'Auguste
La mort de Belle
La nuit du carrefour
L'ombre chinoise
Le passager clandestin
Le passager du Polarlys
Pedigree
Le petit saint
Le pendu de Saint-Phollien
Pietr-le-Letton
Le port des brumes
La porte
Le président
Le relais d'Alsace
La rue aux trois poussins
Strip-tease
Tante Jeanne
Les témoins
La tête d'un homme
Le train
Les treize coupables
Les treize énigmes
Les treize mystères
Un nouveau dans la ville
Une confidence de Maigret
Une vie comme neuve
Le veuf
La vieille

Rosamond Smith
Œil-de-serpent

Dorothy Uhnak
Victimes

Andrew Vachss
Blue Belle
Hard Candy

Jack Vance
Charmants voisins
Lily street
Méchante fille
Un plat qui se mange froid

Minette Walters
Chambre froide
Cuisine sanglante
La muselière
Lumière noire
Résonances…

David Wiltse
Terreur noire

Helen Zahavi
Dirty week-end

Le livre noir du crime
Bonnes vacances
Histoires de crimes parfaits
Histoires d'agresseurs
Histoires d'arnaqueurs
Mômes, sweet mômes
Place d'Italie
Le Salon du Livre

Achevé d'imprimer en juin 1999
sur les presses de l'Imprimerie Bussière
à Saint-Amand (Cher)

POCKET - 12, avenue d'Italie - 75627 Paris Cedex 13
Tél. : 01-44-16-05-00

— N° d'imp. 1287. —
Dépôt légal : 3e trimestre 1977.

Imprimé en France